# A Adubada Fecundidade

## e Outros Contos

# A Adubada Fecundidade

# e Outros Contos

### DANY WAMBIRE

À memória dos meus pais, Bozane e Carolina
Ao Mia Couto, que me ensinou a ler os meus escritos
Ao Padre Manuel Ferreira, o meu tradutor de pensamentos
À Cristina O. G. Massora, Dona do chão que piso

O livro *A adubada fecundidade e outros contos* recebeu menção honrosa no *Prêmio Internacional José Luís Peixoto (2013)*

Copyright © 2017 Editora Malê
Todos os direitos reservados.
ISBN: 978-85-92736-10-1

Ilustração de capa: Silva Dunduro
Capa: Pedro Sobrinho
Diagramação: Márcia Jesus
Projeto gráfico e edição: Vagner Amaro
Revisão: Francisco Jorge

Texto revisado segundo o novo Acordo Ortográfico da Língua Portuguesa.
Proibida a reprodução, no todo, ou em parte, através de quaisquer meios.
Dados internacionais de catalogação na publicação (CIP)
Vagner Amaro CRB-7/5224

---

W243a    Wambire, Dany
         A adubada fecundidade e outros contos/ Dany
Wambire. – Rio de Janeiro:  Malê, 2017.
         92 p.; 21 cm.
         ISBN: 978-85-92736-10-1

         1. Conto moçambicano II. Título

                                   CDD – M869.301

---

Índice para catálogo sistemático:

1. Conto moçambicano M869.301
2017
Todos os direitos reservados à Malê Editora e Produtora Cultural Ltda.
www.editoramale.com.br
contato@editoramale.com.br

# Sumário

*Página 13*
VÍTIMA DA REDE MOSQUITEIRA

*Página 19*
O AMOR DE JOSEBELA E A ABSOLVIÇÃO DO GONSALVO

*Página 31*
A INCOMPETENTE ASSASSINA

*Página 39*
A ADUBADA FECUNDIDADE

*Página 47*
A CALAMIDADE
...

*Página 53*
ETERNAMENTE AMADA
...

*Página 57*
O 25 QUE PARIU UM ESTRANHO LADRÃO
...

*Página 61*
A IMPREVISTA PREVISÃO DE TEMPO
...

*Página 67*
A TEMPESTADE DEPOIS DA BONANÇA
...

*Página 71*
UM GUETO SEM SAÍDA
...

*Página 89*
O ASSALTO AO COMANDANTE
...

*Página 93*
AMOR PROIBIDO
...

*Página 97*
GROSSÁRIO
...

# Vítima da rede mosquiteira

*Os ricos, muitas vezes,*
*Não nos dão tempo*
*Para pensarmos que somos pobres*
(Palavras de Gostavo)

A verdadeira pobreza é aquela que vem de dentro do indivíduo. É sentida, genuinamente, por este, sem interferência do exterior.

Sabe-se que o povo de Demolido nunca teve tempo de sentir o seu sofrimento, as suas inúmeras faltas, pois sempre vinham dirigentes da cidade capital, para lhes dar o necessário.

— *Estão aqui as redes mosquiteiras, para combaterem a malária.*

O povo desse suburbano bairro de Demolido recebia aquelas ofertas, as importadas redes mosquiteiras. Muitas pessoas, incluindo Gostavo e a sua esposa Luisângela, olhavam para as redes mosquiteiras, imaginando-lhes outros fins. Devia haver desvio de aplicação para aquelas redes. Ou seja, aquelas redes haveriam de ajudar, na caça do peixe miúdo e do téphuè. Não que não houvesse justificações plausíveis, para o imaginado desvio. Gostavo, com certo tom cômico, justificava, em nome da maioria.

— *A mais urgente doença a combater não é a malária, é a fome.*

E todos concordavam com Gostavo, dedicando-lhe as mais incomuns salvas de palmas. Mas a esposa Luisângela olhava-o, com certa apreensão, não fosse o marido ser preso, por desacato às autoridades. Essa preocupação, todavia, esvaiu-se, quando inúmeras pessoas foram fazendo coro ao marido.

Nas horas noturnas seguintes, todas as redes recebidas para isolar os mosquitos, estavam a isolar peixinhos e téphuè, no mar. Gostavo era quem comandava os seus conterrâneos, explicando-lhes os truques, para o uso das improvisadas redes mosquiteiras, enquanto, lá nas palhotas, as suas esposas eram picadas pelos danados mosquitos.

Certa noite, parece que os mosquitos decidiram conluiar-se, para atacarem Luisângela, a esposa do pescador mais desobediente. A pobre passou a noite inteirinha, a matar mosquitos, com as mãos. Nesta noite, não conseguiu mesmo dormir, devido aos ataques que lhe eram movidos por aqueles mortíferos insetos. A haver cessação de ataques, para que a Luisângela dormisse à vontade, devia ser só no alvorecer do dia seguinte. Mas, para o seu azar, nesse crepúsculo, a sua casa foi invadida por policiais, que haviam sido informados, sei lá por quem, da presença de um assassinado, na varanda da sua casa. Os policiais bateram-lhe logo à porta, exigindo a sua saída.

— *É a polícia. Precisamos de falar com a senhora.*

Nesse entretempo, houve sustos gradativos, na Luisângela. Primeiro, aquela visita de magrugada. Segundo, o fato de aquela visita ser da polícia. Terceiro, o fato de ter ouvido os policiais falarem de uma vítima, no seu quintal. Mas ela ganhou coragem, e saiu, sem sequer lavar as mãos, conspurcadas do sangue vomitado pelos mosquitos.

Teve de vencer o medo. Hesitante, foi abrindo a alma da sua casa a indivíduos estranhos, como eram esses policiais. E estes assustaram-se logo, ante o líquido encarnado, que enfeitava as mãos da proprietária da casa.

Trabalho facilitado para os policiais? Aquele sangue sooulhes logo como forte indício. Que Luisângela tinha acabado com a vida daquele corpo estirado sobre o soalho da varanda da sua casa. Que o que estava nas mãos dela era o sangue da vítima, denunciando-lhe um crime mal executado. A acusada bem tentou justificar a origem do sangue, mas os policiais não a levaram a sério.

— *Este sangue é meu. Foi-me chupado pelos mosquitos. Alguns dos quais acabei de matá-los.*

— *Compreendemos. Mas pedimos que nos acompanhe.*

Sem banho nem maquiagem a Luisângela saiu, a acompanhar os policiais. Não podia fazer "nhô", pois, afinal, os policiais são homens da lei de ordem. Eles convencem mais com a força.

Chegada à sede da polícia, o resquício do sangue, que lhe manchava as mãos, foi submetido a análises laboratoriais.

O resultado: a ciência provou que se tratava do sangue do assassinado. Uma vaga de frio atravessou, de sudoeste a nordeste, o corpo de Luisângela, mal soube do resultado. Segundos depois, ela perderia os sentidos, jorrando na véspera essas palavras:

— *No meu sangue está a entrar frio…*

Desmaiou. Convocou-se o serviço de sopro, das peneiras. Não lhe jogaram água, temendo lavar a prova do crime existente nas mãos dessa acusada.

Passadas algumas horas, a Luisângela recuperou os sentidos. E logo foi metida na cadeia, para aguardar pelo julgamento.

O julgamento, com efeito, foi marcado. Por ela ser pobre, demorou um pouco. Mas acabou acontecendo. E, diante do Juiz, ela confessou:

— O único crime que eu cometi foi o de ter deixado o meu marido levar a rede mosquiteira para a pesca.

— Isso não nos interessa. O que tem a senhora a dizer, em relação ao sangue da vítima encontrado nas suas mãos?

— Nada, senhor Juiz.

Não havia outra coisa a fazer, para o Juiz. Depois de inúmeros intervalos, decidiu ler a sentença. Mas qual sentença, qual quê? O Juiz não chegou a ler mais do que o nada, pois a sala do julgamento foi invadida por uma nuvem de mosquitos, que foi justamente dançar nos óculos do juiz, tolhendo-lhe a visão.

Soube-se, mais tarde, que aqueles mosquitos falavam, enquanto dançavam de encontro à cara do Juiz. E o advogado de Luisângela, que já exercera a profissão de nhamussoro, era o único que percebia as falas desses insetos. E, como que a reunir provas, aproximou um gravador ao barulho dos mosquitos. Depois, orou ao seu mais antigo antepassado, para que mandasse cessar a dança deles. E parece que o antepassado lhe deu ouvidos, pois, em fracção de segundo, os mosquitos evadiram-se, do local.

Mercê do esforço empreendido, o advogado de Luisângela teve mais tempo, para defender a sua cliente. Com efeito, declarou, seguidamente, que os mosquitos acabavam de dizer como teria morrido aquela vítima, que a sua cliente era acusada de ter matado.

— *Melhor é chamar um curandeiro, para interpretar estas vozes de mosquitos.*

— *Curandeiro, aqui no tribunal, nem pensar.*

— *Nem pensar, como? Aqueles mosquitos poderão voltar. Não permitirão injustiça da ciência.*

O Juiz parou um pouco, para pensar. Não valia a pena, pela segunda vez, fazer sofrer os seus olhos e os seus óculos. Então entendeu, garantindo a sua ausência.

— *Como somos africanos, podem chamar. Mas eu não presenciarei, por se tratar de poderes de tempos opostos.*

Não implicaram com ele. Apenas o advogado de Luisângela pediu para que o Juiz deixasse o seu representante, que lhe contaria tudo, na primeira pessoa.

Veio o curandeiro. Fez a consulta, ouviu a gravação, e concluiu:

— *Esse tal não foi assassinado, apenas foi morto. E foi o álcool que o matou. E chuparam-lhe o sangue os mosquitos. E esses mosquitos, todos saciados de sangue, foram mortos pelas mãos de Luisângela.*

# O amor de Josebela e a absolvição do Gonsalvo

> Esta luta já teve veteranos,
> Antes de iniciar
> (Gonsalvo Sinambuia)

Na árvore, os frutos são os últimos a aparecer e os primeiros a abandoná-la, quando a terra não mais a quer. Zangada, a terra se abre e deixa as raízes da árvore desancoradas, vulneráveis às intempéries da vida.

Assim também era a vida em Ndacufuna. Dependente das vontades da terra, da respiração dos ventos da mudança. E todos comentavam esse suceder de coisas, que traziam incerta alegria, para uns, e certeira tristeza, para outros.

Carolitos Mascaralenha e Gonsalvo Sinambuia eram os atentos comentadores da vida, os analistas políticos das famílias ndacufunenses. Gonsalvo fora, antes, homem da Pide, guarda-costas do Estado Colonial, enquanto Carolitos era fervoroso ativista político, pela dominação estrangeira de Ndacufuna.

Os dois se encontravam irregularmente, para debater o rumo do colonialismo, cada vez mais magro que o eucalipto. Muitos dominadores já estavam a dar a independência às suas então colônias. Mas o colonizador de Ndacufuna não queria seguir o caminho dos outros, falantes de outras línguas. Afinal, eles, os indígenas, que lhes arrancassem o poder, provando assim esta solta máxima: se há coisa que não se dá, mas se arranca, é o poder.

As conversas de Carolitos e Gonsalvo, ultimamente, foram sempre sem sal, apenas apimentadas com a dor e a consternação. Os corações dos dois batiam, de quando em vez. O Gonsalvo é que chegava mesmo a dizer ao amigo:

— *Minha vida é como o rádio: funcionando a pilhas.*

E indicava o rádio, o grande Xirico pendurado debaixo da varanda de uma mangueira, à espera das pilhas, que estavam, ao sol, a receber celestiais recargas. Afinal, havia muito que as pilhas dependiam da química alimentação, sempre que se mostrassem ociosas, incompetentes de, pelo menos, pôr a tossir o rádio. Essa era a rotina, depois de as pilhas fazerem chorar o rádio, por trinta dias ininterruptos. Logo que o sol invadia os ares e beijava a terra, Gonsalvo saía a alimentar os alimentos do rádio. E colocava um grão, maiúsculo, de sal, sobre o pólo mais de cada pilha, justificando:

— *De quando em quando, o sol vem sem sal. É preciso dar sabor ao astro.*

Passados alguns minutos, exigiu Carolitos ao amigo Gonsalvo que lhe ligasse o rádio, para o manter informado. E Gonsalvo condescendeu com a querença do amigo. E foi para onde as pilhas estavam a nutrir-se de invisíveis alimentos. Antes, Gonsalvo pousou a língua sobre o lado mais das pilhas, e confirmou o alegrante amargo:

— *As gajas estão cheiinhas de carga, mano.*

Depois, puxava o Xirico ao pescoço, pelas golas da vestimenta, que lhe tinha sido criada, para o proteger do sol, da chuva e do vento. Em seguida, as pilhas lhe entraram pela culatra, e disparou, sem sintonizações, vivas e abaixos.

— *Abaixo o fascismo! Abaixo a ditadura! Viva as liberdades!*

A seguir vieram os discursos, repudiando aquele e aqueloutro indivíduo. Mais, os mesmos discursos proclamavam algo antes impensável, proibido e condenado. De quem eram as vozes, que estavam falando, dentro do rádio? Quis saber Carolitos. Será que era um desses países irmãos que ascendia à independência?

Gonsalvo tentou descortinar, logo, o timbre e sotaque daquelas vozes politicamente incorrectas. Com irresoluções, deitou hipóteses nas dúvidas.

— *São os tugas em terra deles.*

Discutiram-se teses e hipóteses, para justificar a proclamação efusiva daqueles que, provavelmente, tinham tomado, de assalto, a rádio da metrópole. Depois, aqueles festejadores mais proclamavam do que justificavam as razões da proclamação. Mas os dois amigos, pacientes, aguardaram pelas explicações, que não tardaram a vir ao de cima.

— *Hoje, Portugal libertou-se do regime fascista. O regime fascista rendeu-se, aos pés das liberdades fundamentais. Já se foi o regime colonial.*

Ademais, os discursantes agradeceram o apoio prestado pelo povo e pelos revolucionários António Spínola e Costa Gomes, que não mais quiseram ver os filhos de Portugal a sofrer, a passar para o outro lado da vida, nas guerras coloniais, lutando contra quem apenas queria se libertar.

Agora é que Gonsalvo e Carolitos tomaram ciência daquelas radiofónicas proclamações. Urgiu, então, alinharem pensamentos: se o povo colonizador não mais queria ditadura, então quem era o povo colonizado, para ainda se manter sob o jugo colonial? Aliás, muitas lutas pela libertação estavam bem amadurecidas. E isso afligia-os os dois, sobretudo o Pide Gonsalvo.

— *Mano Gonsalvo, é agora que ficaremos independentes,* soltou-se Carolitos.

Gonsalvo, que era guarda-costas, um homem da Pide, viu-se à beira do desemprego. Pois já não ia haver mais o que ele guarnecesse, se as costas do Estado colonial estavam caindo, próximas de descerem à história; ciência do passado, como dizia Carolitos, objecto de estudo dos velhos.

Mas Carolitos já tinha uma ideia formulada, para saírem daquele embaraço. Despiu-a, logo que Gonsalvo lhe perguntou:

— *Então o que faremos, caro Carolitos? A independência de Ndacufuna já está às vistas.*

— *Vamos nos unir ao Movimento de Libertação. Afinal, nós somos lâminas: cortamos dos dois lados.*

A exposta sugestão criou um mal-estar no Gonsalvo. Ele entendeu que a sua filiação ao Movimento de Libertação acenderia desconfianças no movimento. Pensariam os companheiros de luta que ele estaria lá, a mando do Estado colonial. Mais, ele tinha dado fortes chambocos e preso alguns dos principais líderes desse Movimento de Libertação, e provavelmente estes estavam com raiva dele, esperando por uma ímpar oportunidade, para se vingarem. Mas logo Carolitos o sossegou:

— *Não te preocupes. O principal líder deste movimento é um senhor que não luta contra pessoas, mas sim, contra um sistema, o colonial. Até brancos estão envolvidos, sem desconfianças, nessa luta dos cafres.*

Ademais, Carolitos garantiu-lhe que já tinha mantido contactos com alguns elementos do movimento libertário. Os dois já estavam sendo aguardados, na base central, no país vizinho. Havia a máxima urgência para partirem. Não se esquecessem: eles eram os dois últimos a se aliarem ao movimento. Até, com um tom sério e severo, dizia Carolitos.

— *Temos que ser os últimos no movimento, e os primeiros a ocupar os distintos postos, depois da quase certa independência.*

— *Amigo, isso não será possível. Essa luta já teve veteranos, antes de iniciar.*

— *Não te assustes. Nós estaremos em cima deles. Afinal, os últimos a rir, riem melhor.*

Carolitos tinha experiências doutras guerras. Ele sabia, por exemplo, que os que mais invocam os feitos da luta foram os que menos lutaram. E ainda, que os que estavam sãos e vivos, foram os que nunca estiveram na linha de fogo. Mas o mesmo depois se emendava: cobra é cobra, não tem pequena.

Os dois mesmo partiram para a luta. Estava-se a dezasseis meses do acordo final de cessar-fogo e maldades. Nessa fase, valia mais a independência do que a morte. As inúmeras armas engravidadas de balas em breve abortariam, impedidas de eliminarem o que nunca criaram.

Passados os esperados meses, veio a independência, mais total e menos completa de Ndacufuna. Afinal de contas, a independência assemelha-se à gravidez: não acontece, com o cruzamento de óvulos com o seu oposto, mas sim com a chegada de um nado.

Alcançada a almejada independência, começaram a disputar-se cargos e pastas, no Estado. Queriam-se setores, com facilidades, para negociatas. Assim se defendia cada qual, mais com garras do que com dentes: era o momento para se criar uma burguesia nacional, que, no futuro, competisse, em pé de desigualdade, com os investidores estrangeiros.

As astutas disputas eram renhidas. Mas ocuparam os cobiçados postos os mais fracos de todos. Nem Carolitos nem Gonsalvo conseguiu algum poder, para abusar. Tinham que não desarmar, seguindo a fila, que estava na cabeça do chefe máximo de Ndacufuna. Pois, tarde ou cedo, eles seriam chamados, para ocuparem algum lugar. Ou melhor: os dois se ocupariam de algum lugar. Bastava rasgar inúmeras camisas, com vivas e abaixos, apoiando o partido, que estava dirigindo.

Enquanto a independência de Ndacufuna registava um

franco desenvolvimento, Carolitos e Gonsalvo foram realizando um trabalho político, dentro do partido no poder. Vigiavam os exímios chefes da administração, que mantinham relações com pessoas do Partido da Oposição Nacional (PON), e logo saíam a informar os decisores do partido no poder.

— *Vimos chefe fulano em conversas com um belstranho do partido da oposição.*

Ingênuos, inúmeros decisores acatavam aquelas satânicas advertências. Desmontavam logo os visados, dos cargos, e eram chamados outros, para os ocuparem. O Estado de Ndacufuna passou a estar esvaziado de pessoas conhecedoras do serviço, mas cheio de pessoas promotoras de intrigas e fofocas. Este novo grupo de pessoas, todavia, uma certa competência tinha. Os homens nunca deixavam os calçados dos chefes enchidos de pó e ares sujos. As mulheres, ávidas de chegarem ao poder, a qualquer custo, eram generosas, não deixando um chefe maiúsculo estressado, com os nervos à flor do sexo.

Chegou-se a uma fase, em que, no Estado de Ndacufuna, se assistiu à midiatizada "guerra das amantes". Dizia-se, em Ndacufuna, que havia um importante governante, que andava com quase todas as mulheres bonitas de cara, prometendo-lhes cargos no Estado. As vítimas totalizavam dez. Cada uma dessas, todavia, mal ascendia a um cargo, procurava logo acossar as outras, as competidoras, numa espécie de caça às brutas.

Entretanto, em Ndacufuna, inúmeros problemas eram apontados, e ignoradas eram as várias soluções. Os problemas foram aumentando, ante o olhar e ouvir impávidos dos que tinham o poder de indecisão.

Nessa desordem, Gonsalvo ascendeu ao cargo de Comandante da Segurança, numa das vilas de Ndacufuna. Pensou-se que, como ele tinha sido homem da Pide, certamente conhecia os meandros do setor. Mas este pensamento leviano de quem o nomeou era anacrónico. A Pide existiu em tempos de ditadura, e agora estava-se em tempos de democracia.

Mas, como Gonsalvo queria comer, ter regalias, decidiu aceitar o cargo. Ele deveria ser o responsável pela ordem e tranquilidade públicas, na dita cuja vila. No início, ele até tentou cumprir, com zelo e dedicação, esse ofício de ordenamento social. Mas cedo percebeu que estava a sofrer, com o seu trabalho reduzido a nada. Pois os mais altos dirigentes desenhavam e implementavam políticas, que promoviam desigualdades, acirrando descontentamentos, e ele, comandante da base, devia manter a ordem, para não desestabilizar Ndacufuna.

O amigo Carolitos foi colocado como dirigente, no setor do ensino, a nível da mesma vila. Os dois encontravam-se frequentemente, sobretudo nas épocas dos desportos das escolas. Gonsalvo, como Comandante, era o símbolo da garantia da realização ordeira dos jogos, e Carolitos, o diretor de ensino, vinha a comandar as disputas desportivas.

No decurso desses jogos, Carolitos e Gonsalvo comentavam assuntos de miudinhas, mocinhas formosas, que lhes saltavam às vistas e às calças. Ninguém se admire que Gonsalvo, o comandante, vasculhasse uma boa pequena, entre as mocinhas, que se estavam educando, física e desportivamente. Até que conseguiu trocar olhares com uma moça com um certo corpo adulto. E logo Gonsalvo sussurrou ao amigo:

— Que tal, essa moça, dá para comer?

— Dá, mas tens que saber que todas as alunas, nestes jogos, são de idade menor.

— Realmente, mas acho que o camarada Conservador do Registo falhou, ao atribuir idade menor a esta moça. Tudo ali é comestível, sem precisar de sal.

A dita cuja era a Josebela, uma jovem com pernas, que enchiam calças, e traseiro, que fazia trabalhar arduamente a capulana. Depois, a mesma tinha uma cara bonita, atrativa, como a pele de maçã.

Terminados os desportos escolares, o comandante Gonsalvo foi no encalço de Josebela, para lhe prestar declarações, no seu leito. Ela, seduzida pela demonstração dos poderes do comandante, aceitou esse namoro de risco. Mesmo a mãe de Josebela não hesitou em concordar com esse namoro entre os dois de idades opostas. Afinal, a velhota colheria vantagens, com essa relação. O comandante lhe traria variados bens arrancados a larápios, nas vielas da vila.

Então, a Josebela passou a ser a segunda amante de Gonsalvo. A primeira, de nome Auxília Cântico, era antiga amiga da falecida esposa de Gonsalvo. Mais, foi ela que se prontificou a ajudar amorosamente o viúvo da amiga.

— *Gonsalvo, eu ajudo-te, nessa tua sobreviuvência.*

O comandante condescendeu com a vontade de Auxília. Os dois passaram a exibir-se intimidades, humidades e afinidades. Até que entrou nessa relacionação a Josebela, a jovem desportista. Agora, os amores das duas amantes ocorriam em turnos, fingitivos.

Aconteceu, incerta vez, na cama do comandante Gonsalvo, que as duas amantes se flagraram com os lábios na botija. Logo se ressuscitaram insultos, se aplicaram bofetadas, e se escavaram as peles, para se desalojarem os sangues. Ainda se rasgaram roupas. Nessa luta, a mais nova, a Josebela, não aguentou, fugindo, apenas com uma roupa no interior.

Chegada a casa, a miúda foi apoiada pela mãe, que lhe instalou calma, na cabeça. Depois, a miúda se explicou. E, com mais e menos, a velha saiu a gritar, pela rua, em direção à casa do dito cujo comandante. Mas não chegou. Pelo caminho, a responsável pela legalidade susteve-a, procurando saber os motivos que lhe faziam descontar a mente. E, sem salamaleques, a velha desabafou.

— *O comandante Gonsalvo fez minha filha brigar com sua outra amante.*

— *Sua filha Josebela? Anda com comandante? Não é menor? Quantos anos tem?*

— *Tem 15 anos.*

Constatada a ilegalidade, nesse enquanto, a Procuradora

logo conduziu a velha de Josebela para o seu serviço, e abriu um processo criminal contra o comandante Gonsalvo, acusando-o do delito de violação sexual de menor. Ainda, junto ao processo, anexou a cédula de Josebela, provando-lhe a menoridade. Parece que, desta vez, a Procuradora queria lavar-lhe o juízo. E diga-se, em creditação da verdade absolutíssima: havia muito que o comandante praticava desmandos, na vila. Para ser sincero, ele era só comandante de nome, uma figura sem estilo. Um fora-da-norma, era o que ele era.

Em seguida, o comandante Gonsalvo foi metido na cadeia, passando a ver a lua aos quadradinhos. E a notícia circulou rápida. Como a do falecimento. A questão que enchia a boca do povo era: como é que prendedor podia ser preso? A desconhecida resposta era: estava-se no Estado de Direito. Do dever, também. A lei é que tinha força, e a força apenas fraqueza.

Marcado o julgamento, Gonsalvo compareceu no Tribunal Judicial de Ndacufuna. Diante do Juiz, ele confessou o crime mais o amor pela Josebela. Ele podia ser preso, como lhe estava o coração pela Josebela.

— *Há muito que minha prisão está ilegalizada* — disse Gonsalvo — *Meu coração está preso a Josebela, faz centenas de dias,* rematou.

O juiz cansava-se, com as declarações amorosas do réu Gonsalvo. Tentava exigir mais seriedade no réu. Mas debalde. Todavia, teve que proferir a sentença, quando chegou a hora, para ele dar o veredito final. Decisão certamente, pesada.

Mas, antes da leitura dela, alguém pediu palavra e expressões:

— *Senhor Juízo, eu não sou menor de idade. Ele* — apontando para Gonsalvo — *é que é menor em tamanho.*

Instalaram-se, na sala, cargas largas de risos. Chorou-se de alegria, enquanto Gonsalvo temia e tremia, pela pena que lhe seria infligida. E no intervalo desses rios de risos, o Juiz procurou ter a certeza da identidade da faladora recente.

— *É a dita cuja violada, a Josebela* — interveio o advogado de Gonsalvo.

O mesmo advogado pediu ao Juiz para que deixasse a menina dizer tudo o que tinha a depor e decompor. E Josebela não se demorou. O arribado por ela não se soube se foi uma tamanha verdade, ou uma verdade sem tamanho.

— *A verdade verdadeira é que eu não sou menor de idade. A idade, que está aí na cédula, é falsificada pelo Registo da Vila, a pedido do setor de educação. Queriam que eu participasse nos desportos escolares interdistritais. Então, por favor, libertem o meu amor.*

# A incompetente assassina

> A criança grita
> O adulto é que chora
> (Dito ndacufunense)

De assalto, mais uma vez, a escuridão tomou o nosso chão. Já é noite. Uma ordem é clara: regressar aos nossos lares, para dormirmos, à espera que essa nuvem negra passe, para, depois, voltarmos às vidas.

No início dessa noite, a vontade de retornar ao lar é ténue, por motivo do desassossego, por que passo. Há muito que a minha mulher me inflige rotineiros insultos, três vezes por dia. Como um médico prescreve fármacos a um paciente: uma dose de manhã, uma à tarde, e outra à noite.

Então, decido alongar a distância, andando por não habituados trilhos. O caminho é de terra batida, albergando muito capim verde. Andando, não me apercebo da ofensa, que vou infligindo a esse capim, pois os meus pés se fazem transportar em sapatos. Pior, de cabedal.

Nesse entretempo, o silêncio já fazia as suas vítimas. A passos largos, a noite tornava-se calada, incompetente na fala. A noite não sabe viver, porque nasceu morta: ninguém desconhece essa verdade.

Enquanto escutava o silêncio, a meio do caminho, uma

rajada de barulho invade os meus ouvidos. O barulho chega-me aos soluços. Com a mão atrás da orelha, aumento-lhe o tamanho. Como se isso melhorasse a qualidade do som do barulho, que se exalava. A muito custo, todavia, constato que são choros de mulheres.

Nesse instante, a vontade é encontrar a fonte desses carpidos. Mas, enquanto apresso o passo, para dos choros me aproximar, sinto que eles estão próximos da minha casa. Quer dizer, abeirava-me dos choros, ao mesmo tempo que chegava a minha casa. A preocupação avoluma-se, então, no meio interior.

Já de cara com o portão, que conclui o cerco do meu quintal, vejo a minha mulher Sebastiana, a ensaiar choros. A intenção dela é atravessar a rua, para ir à casa que faz oposição à nossa, onde estão a ser cozinhados os choros maiores. Tento interromper, em seguida, o ensaio choroso da minha consorte, para pedir-lhe explicações, os motivos e as razões desses prantos, que não estavam a deixar descansar em paz a alma da noite.

A minha intenção foi coroada de insucesso. A Sebastiana não me respondeu. Com razão, entendi depois. Pois havia já mulheres, na casa vizinha, com os olhos postos nos choros dela. Então, ela cruza a rua, deixando-me antes um gesto, com instrução: que me preparasse e fosse logo ao mesmo e exato destino.

Obedeci à instrução, pois me apercebi de que tinha havido estranho assalto, na casa, a que se dirigia a Sebastiana. Provavelmente, a Morte tinha tomado de assalto a dita cuja casa, e causara dano mortal. Mas não me vinha à cabeça a vítima, o sequestrado pela Morte, para preencher a sua vasta e longínqua legião.

Parti para a casa do infortúnio. Juntei-me aos outros homens. Logo-logo pedi a identificação do falecido. Ninguém o conhecia, com exatidão. Que era petiz, aprendiz no viver, sabia-se. Mais, garantiram-me que o falecido não era daquela casa.

— *Bem-bem o falecido não vivia aqui. Ele era sobrinho do dono desta casa.*

Afinal, o morto não era do nosso chão! Transferido era o falecido. Soube eu que o nosso vizinho Zecarias acolheu toda a cerimônia do falecimento, porque o legítimo proprietário, o irmão Vasconcelho, não dispunha de condições econômicas e financeiras para tal. Portanto, por motivo de ocupações, difícil era para o vizinho Zecarias viajar para o distante distrito, onde vivia o irmão, o exato lugar da ocorrência do falecimento. Financeira e economicamente fácil era para o vizinho Zecarias trazer o morto, as cinco esposas de Vasconcelho, os filhos e outras pessoas interessadas, para chorar em sua casa, na cidade.

Vasconcelho, vulnerável, condescendeu com a vontade do irmão. O vizinho, sabia-se, estava disposto a tudo. Havia muito que ele estava à procura duma oportunidade ímpar, para exibir os seus poderes.

Depois da chegada do grosso dos familiares, o vizinho Zecarias quis organizar a papelada, para o enterro do sobrinho, o miúdo Zezito. Mas, antes, chamou Vasconcelho e uns quatro velhos. Queria com eles discutir os primeiros passos.

— *Querendo ou não, um falecimento aconteceu. Temos que*

*encontrar a causa da morte do miúdo, para facilitar a certidão de óbito, aos modos da modernidade.* — iniciou Zecarias.

Os velhos e Vasconcelho se opuseram a Zecarias, explicando-lhe que essa coisa de certidão de óbito não valia na tradição. O que valia era convocar uma nhamussoro, para descobrir o autor material ou moral daquela morte. Mais, essa nhamussoro não só encontraria o culpado como também os motivos, que conduziram o adivinhado criminoso a praticar o crime.

— *Isso não vai servir. A nhamussoro não vai nos passar uma certidão de óbito. Aqui na cidade, não se enterra um morto, sem certidão de óbito.* — Reagiu Zecarias, em defesa dos modos da cidade.

A conversa caminhou azeda. Duas posições saíram da discussão. Que os dois obedecessem às suas crenças. E Zecarias arcaria com as despesas: a vinda duma adivinha e a autópsia no hospital central da cidade.

Sem demoras, chegou, a coberto da noite, uma adivinha, para descobrir o assassino do filho do Vasconcelho, com uma das mulheres, que, há muito, fora sua esposa. A adivinha, antes, pediu que se retirassem todos os que não fossem familiares diretos. Ela não tinha dúvida: o assassino do miúdo Zezito estava entre os familiares diretos.

Em seguida, ela colocou-se em transe. Foi rodopiando, entre os presentes, à procura do assassino. Passados alguns segundos, com efeito, a adivinha deixou-se abater sobre os pés de Cantarina, a primeira esposa do Vasconcelho. O aviso

## A INCOMPETENTE ASSASSINA

era claro e sumário: a Cantarina é que era feiticeira, a assassina do miúdo Zezito.

A adivinha não se desligava, nesse entretempo, dos pés da Cantarina. Dentes em riste, a adivinha parecia pretender mastigar o espírito da suposta assassina. Foi então que a ajudante dessa adivinha saiu a socorrer a Cantarina, livrando-a dos dentes e garras da sua mestra.

Foi a adivinha, já calma, que formalmente proferiu a acusação:

— *Cantarina, tu mataste o teu enteado.*

Ouviram-se, de seguida, contendas de palavreados, pesando de acusações horrorosas, por todos os cantos daquela luxuosa casa de Zecarias. E foi o próprio Zecarias que logo manifestou contestação àquilo que ali estava sucedendo.

— *Meritíssima adivinha, já acusou. Trate agora de provar o que disse.*

— *Eu não sou quem deve provar a acusação. A Cantarina é que deve provar a sua inocência. Não é assim que funciona a vossa moderna justiça?!*

A ímpar coisa que a adivinha fez foi fundamentar a acusação, trazendo o inútil ao desagradável. Disse que a Cantarina matou o enteado, porque não queria viver com ele, e fez tudo quanto esteve ao seu alcance, para eliminar Zezito.

Prontos. Consensual ou não, já havia uma causa tradicional, para explicar a morte do miúdo. Sobrava o resultado do hospital. Os médicos estavam a demorar em demasia. Mesmo depois de muito pressionados pelo vizinho Zecarias, eles não apresentaram, a tempo e horas, o resultado. Para acontecer o enterro, fizeram-se arranjos: forjou-se uma certidão de óbito. No dia sequente, todos se prepararam para o funeral. Um caixão feito de madeira escassa e cara, capaz de resistir ao conluio da água e areia, foi encomendado. Foram compradas flores caras, mas que nunca se grudariam ao chão. Eram apenas flores de ocasião.

Chegada a hora do funeral, muita gente do bairro de Zecarias foi ao enterro. Na procissão do funeral, estavam algumas mulheres a debater detalhes, sobre os seus vestidos de luto, catalogando os sexy e os da moda. Ainda, nessa procissão de funeral, estavam alguns homens, que comentavam os jogos dos inúmeros campeonatos de futebol e as bebedeiras.

Sabe-se que o único ente ausente daquela fúnebre procissão foi a Cantarina. Ela fora proibida de ir ao funeral, pelo motivo seguinte: impedir a conclusão da sua suposta obra de feitiçaria. Afinal, muitos dos feiticeiros locais matavam, para se alimentarem das presas. Os feiticeiros matavam de dia e, à noite, iam ao cemitério, para comerem da humana carne. Mas, antes, participavam do funeral, para reconhecerem as tumbas.

Chegados ao cemitério, deixaram no chão o caixão, enquanto alguns golpeavam a terra, abrindo sepultura para o seu morto. Em seguida, procederam ao kuphacha, a cerimônia para pedir a admissão do morto, naquele chão. De contrário, a consequência era sobejamente conhecida: encontrariam, no sequente dia, o morto fora da sepultura, e ela bem sarada. Como se não fosse vítima de recentes golpes.

Terminado o enterro, todos voltaram a casa. E lá encontraram os técnicos do hospital central da cidade, com uma certidão recente e verdadeira do menino Zezito. O resultado da autópsia estava lá na certidão. Os técnicos fizeram questão de lê-la, para aquela multidão, que mal acabara de regressar do cemitério. Os técnicos leram tudo, de tintim a tintim, as vírgulas e os pontos e, por fim, pronunciaram a causa da morte do miúdo Zezito.

— *O Zezito foi vítima de cão raivoso, que, na mesma semana, também matou mais outras cinco pessoas.*

Taciturnos muitos ficaram. Vasconcelho e seus comparsas é que exigiram a retirada dos técnicos de saúde. Não valia a pena aumentar a dor dos enlutados. Pior ainda, invocando uma causa não válida na medicina local. Mas não que os cães não pudessem matar. Podiam, sim, mas não por vontade própria. Podiam, só se fossem mandados por feiticeiros. Ou seja, no nosso distrito, eles só tinham competência, para serem autores materiais.

# A adubada fecundidade

*Olhar, olha-se sempre*
*Mas ver, é às vezes.*
(Cristoamo Martírio)

Cinquenta anos era a idade de Cristoamo Martírio. Pela idade, notava-se que ele caminhava, a passos largos, para a morte, o indesejado destino de muita gente descontente. A sua esposa, a Dona Criminosa era jovem, apenas com vinte e outros anos de idade. Mas a idade menor não a impedia de dar prazer de viver ao velho Cristoamo.

Não que ela gostasse da diferença da idade. Muita preocupação ela deitava na velhice do marido, sobretudo quando os cabelos brancos lhe foram tomando de assalto a cabeça. Mas foi o marido, vaidoso, que apresentou solução, para a doença instalada no teto da sua cabeça. Que lhe pintasse os esbranquiçados cabelos com uns negros pós úmidos. Dócil, a mulher foi se dedicando à pintura dos cabelos do marido, num vão esforço de corrigir a decisão de Deus.

O casal Cristoamo e Criminosa não tinha filho. Essa realidade passou a ser preocupação, quando muitos anos passaram, sem que o ventre de Criminosa hospedasse um sanguíneo inquilino. E desconhecia-se a razão dessa desnaturalidade. Talvez o ventre de Criminosa estivesse roto, cheio de furos de escape. Talvez o sémen de Cristoamo fosse insípido, incapaz de deixar o ventre da mulher com óvulos na boca.

Tradicionalmente, porém, havia uma explicação, sempre que os casais do distrito não tivessem filhos. A culpa do infortúnio recaía nas mulheres, enquanto que os homens se gabavam, garbosos, da masculinidade nunca débil.

O caso do casal Cristoamo e Criminosa não fugiu à regra. Criminosa, enquanto biologicamente improdutiva, acolheu todas as acusações dos demais. Sujeita a inúmeras análises ginecológicas ela fora. Mas nada. Aconselharam-na a receber o nu marido, apenas quando estivesse nervosa. Até o conselho de praticar amor, nos dias proibidos, dias de assassínio dos óvulos, ela acatou. A água não ia, muito menos vinha.

Dizem que o problema ficou resolvido, com a intervenção da nyanga Mwerane, a especialista em devolver fertilidade às mulheres. O seu ofício fora sempre esse: pôr a nu a incapacidade dos médicos dos livros de darem filhos às mulheres sofredoras. Mais, essa curandeira sentenciava:

— *Aqui, só não faz filho a mulher que não tem ventre.*

Dito e desfeito, Criminosa engravidou, no segundo mês, após o tratamento, a que fora sujeita pela curandeira. Da boa-nova Cristoamo soube, e inundou-se de alegria.

Os meses faleciam, enquanto a gravidez de Criminosa aumentava de volume, engordando para a frente. No nono mês da gravidez e do ano, Criminosa aguardava pela chegada do seu bebé. Andava, nessa altura, com duas capulanas, para vestir o seu bebé.

## A ADUBADA FECUNDIDADE

Foi na machamba, enquanto Criminosa feria a terra, para expulsar o capim, que ameaçava o franco desenvolvimento do milho-miúdo, que ela sentiu as dores perinatais. Medo não teve. Sozinha podia ser parturiente e parteira, como foram outras mulheres do distrito. Então, deitou-se por cima da capulana, e esperou a bebê, aplicando monumental esforço, sempre que o parto exigisse. E a bebê nasceu sã e salva. Para cortar o umbilical cordão, Criminosa usou os seus próprios dentes.

Entretanto, mal a notícia natal chegou à zona residencial de Criminosa, mulheres de segunda e terceira idade acorreram à sua machamba, com o intuito de se congratularem, pela novata, a petiza ora proveniente do seu ventre. Nessa machamba, Criminosa e a filha Santija estavam solitárias, tendo apenas como espectadores desatentos os bois, que desfrutavam da liberdade do maianga.

Mal a Santija veio ao mundo, as mulheres idosas submeteram-na a um banho de água fria, visto de boas vindas ao mundo de mistérios e enterros. A bebê foi chorando, sem deitar lágrimas. Não por vontade. É que ela ainda não dispunha desses lacrimosos líquidos. O seu choro limitava-se a libertar infantis brados. Ou ao agitar de membros superiores e inferiores.

Sabe-se que, em seguida, as idosas mulheres presentes introduziram pela boca adentro da Santija os pequenos mamilos da mãe Criminosa. Era a exata aplicação dos preceitos da tradição do distrito.

A Santija, todavia, esquivava-se dos mamilos da mãe. Embora esfomeada e ávida de comer pela própria boca, a Santija dispensava o esbranquiçado líquido fervido no lume materno. E essa indiferença prolongada da Santija deixou as adultas mulheres com os nervos à flor da pele. Algo anómalo estava sucedendo. Pior ficou, quando entontecimentos e convulsões tomaram de assalto a cabecinha de Santija.

Com extraordinária brevidade, foram convocados todos os anciãos da família de Criminosa e da família do marido Cristoamo. Debateram e bateram-se nos argumentos, mas nada. Cada um construía, em segredo, as suas suspeições, para tentar explicar aquele insólito fenômeno.

Entretanto, uma decisão saiu da reunião. Que duas mulheres mais velhas levassem a Criminosa e sua filha Santija à casa da curandeira Mwandikonda, a nyanga com poderes maiores e conciliadores, para explicar o sucedido. Com certeza, essa Mwandikonda encontraria formas, para tolher aquele sucedimento.

Nesse momento, Cristoamo manifestou vontade de também ir à casa dessa Mwandikonda. Tentaram impedi-lo, mas em vão. Ele aplicou força, e acabou por ir. Com o grupo de mulheres, partiu, anulando-lhes a feminilidade.

Todos partiram em direção à casa de Mwandikonda. Por estranhos atalhos, andaram. Inúmeros perigos enfrentaram.

Chegados à casa da curandeira Mwandikonda, as mulheres, que acompanhavam a Criminosa e sua filha Santija, apresentaram os motivos da sua presença naquela palhota, que era uma ilha, por estar apartada das outras casas. Preparou discurso uma das matronas.

## A ADUBADA FECUNDIDADE

Certificou-se da limpidez da voz, e falou, pausando a sua falação:

— *A nossa criança nasceu, mas não mama. Recusa o leite da mãe, e agita-se esquisitamente. Algo de estranho persiste, e desconhecemos o que é.*

Palavras nenhumas desceram da adivinha Mwandikonda. Ela estava concentrada em seus preparativos. Decorava o seu avolumado corpo, com as coloridas roupas. Eram as matchiras coloridas de vermelho, preto e branco. Tudo ali demorava, à conta das tremuras, que faziam trabalhar suas mãos, sem ela querer. O físico daquela mulher estava todo desgastado. A única coisa que funcionava em pleno, naquela mulher, era o seu pensamento.

Terminado o trabalho preparatório, a adivinha borrifou, com veemência, todos os ali presentes, com uma mágica vassoura, que a sua mão mal segurava. Por muitos minutos, o gesto foi repetitivo: mergulhava a vassoura, num estranho líquido, e sacudia-a, por cima da cabeça daqueles coitados.

Em seguida, a velha voltou a exigir a explicação, de uma das matronas. Parecia que queria encontrar coerência, no problema. Paciente, a solicitada voltou a deitar o mesmo pensamento. O que tinha mudado era apenas o tom da voz. Parecia agora mais simples, insípida.

— *Viemos para aqui, porque a Criminosa deu à luz. Nasceu a Santija. Sujeitámo-la a um banho de água fria, assim como os nossos antepassados nos fizeram a nós, quando viemos a este mundo. Posteriormente, demos-lhe as mamas da mãe, para mamar, mas ela negou. No nosso costume, isto não é bom.*

O discurso da matrona prosseguiu, embora sem escutas da Mwandikonda, que já estava agrupando os seus adivinhos. Não precisou de outros detalhes. Pegou nas suas pedrinhas, e baralhou-as, com delicadeza. O chão recebeu tais pedrinhas, que desenharam um triângulo sobre ele. A Mwandikonda aclarou, em seguida, o posicionamento das pedrinhas. Disse que no primeiro vértice, o de cima, estava uma mulher; e nos excedentes vértices, dois homens. Foi a própria Mwandikonda que deitou interpretação do que estava ocorrendo. Assegurou que dois homens estavam disputando uma única mulher, poliandra.

Foi então que a adivinha decidiu perguntar à Criminosa. Mas pediu a retirada de Cristoamo da sala de consulta. Que ele aguardasse fora e distante. E, dessa vez, Cristoamo não fez oposição. Célere saiu da sala, enchido da ansiedade de ver a sua filhinha melhorar.

— *Não andaste com outro homem, para além do teu marido?* — iniciou a adivinha.

— *Não* — retrucou Criminosa.

Nesse instante, registável timidez acorvardava a sua alma. Como alguém que deve. E todas aquelas, céticas, desconfiaram da tímida resposta de Criminosa. E a adivinha Mwandikonda foi quem melhor percebeu aquela hesitação, e, aproveitando-se da sua confiança nos seus amuletos, continuou:

— *Tens a convicção de que não te meteste com outro homem diferente do habitual? Aqui os meus adivinhos dizem que «sim», que te meteste.*

Na Criminosa, via-se a vontade de redizer o «não» à

adivinha. Mas, antes de proferir a duplicada refutação, a mãe instou-a, para que dissesse a verdade:

— *Confessa, Criminosa, para decidirmos, duma vez por todas, o problema.*

— *Sim, andei com o Mapuanhe.*

Um suspiro da adivinha Mwandikonda foi o que se viu e ouviu, naquele instante. Explicou que Criminosa tinha se metido com um homem de família complicada. A família desse Mapuanhe não gostou de como Criminosa brincara com o seu filho, metendo-se com ele, sem ambicionar uma relacionação séria e duradoira. Que Criminosa tinha se comportado como uma prostituta, ela ajuntou.

Identificado o problema, desconhecida era a solução. Não era especialidade da adivinha Mwandikonda tratar de casos daquele gênero. Ela, contudo, orientou os presentes a procurarem pelo curandeiro Vicente, que vivia nas encostas duma das montanhas do distrito.

Com efeito, procuraram por ele e encontraram-no. A beber ele estava. Sabia-se que o álcool era a sua única companhia. Mas logo abandonou o álcool, mal tomou ciência do grave problema daqueles pacientes. Auscultou a sua preocupação, e logo se pôs a falar com o mais ancestral da família do Mapuanhe. Avançou, de imediato, com pedido de desculpas. E não houve muitos salamaleques, por parte do espírito guardião dos Mapuanhe. Pois, logo-logo rematou a solução:

— *Vão e peguem em três matchiras de distintas cores, para mim. Arranjem o cafuro junto com farelo. Deixem junto de um bodinho à solta, e... é só isso.*

Pelos vistos, o ancestral sentiu ou viu a gravidade da situação da criança, para ser tão disponível na solução. No dia subsequente, fizeram o que ele pediu. E só depois disso é que a Santija mamou.

# A calamidade

> *Lamentes apenas*
> *Quando te roubarem o pensamento*
> *Mas chores quando te furtarem a ideia.*
> (Velho Vasconcelho)

Todos, na nossa cidade, sabiam: Fevereiro era um mês abortado, impedido de chegar ao seu falecimento. Vinte e oito eram os dias, que ocupavam os compartimentos deste mês, o segundo dos doze filhos do Ano.

Muitos meses zombavam de Fevereiro, por não ser resistente às intempéries da vida. Ele albergava fenómenos naturais, que se abatiam sobre a nossa cidadezita. Ingénuo, ele hospedava os ciclones e as cheias. Esse era o seu modo de vingar-se do seu pai, o Ano, por lhe dar insuficientes dias para morrer.

Certa vez, os homens, que sabiam ler os céus e interpretar os ares, disseram-nos que tinham previsto tempos chuvosos, para dentro do mês de Fevereiro. A nossa cidade iria ser lavada, com celestes líquidos.

Sucedeu, porém, que, por desconhecidos motivos, a dita cuja chuva teimou em não cair nas terras da nossa cidade. Enquanto, de boca aberta, a terra a aguardava. A superfície terrestre estava vazia, desprovida de líquidos reclusos. A escassa água existente tinha se evadido para o fundo do sub-rés-do-chão.

Nesse enquanto, os meteorologistas, de novo eles, apareceram a confirmar a falha da previsão. Mas deitaram outro aviso na população: águas chegariam à nossa cidade. Mas vinham a alta velocidade. Como se alguém as estivesse a pôr a correr em direcção ao seu cemitério, o mar. Quer dizer, vinha a aguardada água, mais a desgraça. A água seria para a terra e a desgraça para os homens.

Então, mal essa informação chegou aos nossos ouvidos, o espanto exigiu hospedagem condigna, em todas as pessoas da zona ribeirinha. Assarapantadas todas as pessoas ficaram. Sem saber o que fazer muita gente ficou. Mas uns tiveram a necessária calma, para irem salvar o seu pouco milho, nas machambas, antes que as águas se alimentassem daquele alimento. Alguns tentaram apinhar seus carros de mobílias, com sentimentais valores, para os centros de incomodação temporária.

A exercer seu trabalho, estavam no terreno os jornalistas, a fotografar a véspera do sofrimento da população da nossa cidade. A presença daqueles jornalistas incomodava muitos de nós, pois eles estavam a colher as nossas imagens, para mostrar aos públicos de outras margens. Nisso, esses repórteres eram ignorantes: o sofrimento é como corpo despido, não se amostra a alheios.

Todavia, havia, nessa população prestes a sofrer, indivíduos paranóicos, que viram de bom agrado a presença de jornalistas, no seu chão. Alguns deles, sem salamaleques, lançavam-se aos seus microfones e às suas câmaras de filmagem, para deitar nesses jornalistas pedidos de vigilância.

— Senhor jornalista, por favor, controle tudo o que nos será destinado. Daqui a pouco, vai chegar a Dona com os ativos. Controle, *eles são ambiciosos. Podem roubá-la.*

    Os jornalistas entendiam logo. As experiências de roubos de outras calamidades estavam impregnadas nas cabeças desses indivíduos. Chateava-os ver indivíduos a acumularem dinheiro, à custa da sua pobreza.

    Deve-se o que se promete. No dia seguinte, com efeito, as águas, sorrateiramente, começaram a chegar à nossa cidade. As mesmas vinham do transbordo do rio, que estava sobrecarregado, incapaz de dar abrigo a toda a sua prole. Uma verdade todos conheciam: o rio devia começar a tomar anticonceptivos, de modo a evitar o parto de muita água. Afinal, muitos já estavam a ressentir-se desse desleixo sexual do rio.

    Nesse entretempo, em que as cheias já faziam as suas vítimas, partiram inúmeras equipes de salvamento, a socorrer as pessoas ainda submersas. Nessa altura, a retirada era compulsiva. Saíram uns. Ficaram outros, e entre eles larápios, inimigos do alheio. Afinal, essa era uma oportunidade ímpar, para alguns ganharem o seu pão mais a manteiga. Esses se introduziam em inúmeras alheias casas, para retirarem pertences.

    Havia, sabe-se, condições, para os larápios praticarem os desmandos. A cidade estava muito insegura. O comandante da polícia local foi o primeiro a abandonar o distrito, pelo mesmo motivo, o da insegurança.

    Mas os gatunos, nessas cheias, não se introduziam nas casas, para retirarem grandes coisas. Apossavam-se de bebidas, que embebedavam com qualidade, os ditos drinks de primeira qualidade, e, em menor proporção, a comida, que os ricos do distrito consumiam.

Essa temporária mudança de foco, por parte dos gatunos, não sossegava mesmo ninguém, sobretudo os criadores de bois. Afinal, eles tinham sido as maiores vítimas das cheias anteriores: em uma única enchente, eram-lhes roubados os seus inúmeros bois.

Então, desta vez, esses criadores de animais tinham razões e motivos, para ofertarem resistência à retirada compulsiva, por parte das autoridades distritais.

As insistências destas autoridades foram tantas. Mas os criadores não arredavam o pé nem o pensamento. A única condição, para abandonarem o local, era óbvia: que os barquitos os socorressem a eles e aos seus bois todos. E isso era impossível, pois os barquitos eram tão miúdos, que não podiam albergar sequer uma cabeça de bovino.

As águas dos rios avolumaram-se. Uma nova divina dinâmica foi imprimida às águas fluviais, aumentando-lhes a velocidade da corrente. E, nesse enquanto, os bois olharam, aflitos, para os seus proprietários, como que a dizer: salve-se quem puder. Em fracção de segundo, os bovinos, que bem sabiam nadar, desligaram-se dos criadores, e foram para as zonas de reassentamento.

Como não havia ali mais nenhum barco, aqueles criadores foram assassinados por aquelas águas. Depois, essas torrentes criminosas não se preocuparam em livrar-se dos corpos das vítimas. Foram exibindo os seus assassinados, a flutuarem à flor das suas águas. Pois sabiam que os seus processos criminais jamais transitariam em julgado, e recebendo uma pesada condenação.

# Eternamente amada

*Olhe, olhe-me bem*
*Para me reconhecer*
*No além-vida*
(Viúvo Almerda)

De improviso, o filho secundogênito da Dona Amargarida entrou pela sala adentro. Sem demoras, bateu os tacões dos sapatos, em que se fazia transportar, e levou à testa os dedos da mão direita. Bateu continência. Depois, arqueou os braços por cima dos ombros, feito um caranguejo, fosse receber o céu, o teto da terra.

Essas maneiras do filho de Amargarida traziam um aviso: a vida dele ia assinalar mudanças para o melhor. E confirmou-se, em seguida. Da boca do próprio ouviu-se a mais incomum sentença, aplicando mudança de nome a si mesmo.

— *A partir de hoje, chamo-me Almerda. A vida depositou-me mudanças.*

Na verdade, um acontecimento ímpar hospedara-se no Almerda. Ele conheceu uma mulher, chamada Injustina, que lhe colocaria ponto final aos desmandos sexuais. Esta mulher, da mais invulgar beleza, é que traria a palavra fidelidade ao seu vocabulário. A isso Almerda estava disposto. Então, preparou-se, e casou-se com a Injustina.

O casal Almerda e Injustina era de invejar. Cada um deles se dedicava ao outro. Um motivava a existência do outro, assumindo o seu relacionamento, nos mais invulgares lugares.

Aconteceu, porém, que a morte voltou a atacar a vida, desejando um soldado para a sua mais vasta e longínqua legião. Desta vez, a eleita foi a Injustina. Ela desceu à terra, deixando um viúvo, disposto a amá-la até na morte, à mesma proporção com que o fizera na vida.

A vida de Almerda seguia, agora, sem sabor nem sal. Difícil era a sua sobreviuvência, mas nunca mais ambicionara casar-se, tirar um anel e pôr um outro.

A vontade desse Almerda apenas foi entendida, nos dois primeiros anos da sua viuvez, pois, nos sequentes anos, vozes inúmeras comentavam o seu estado. Os mais atrevidos chegavam mesmo a abordá-lo:

— *Almerda, tu queres ficar solteiro por toda a vida?*

— *Eu não estou solteiro. Estou é viúvo.*

E explicava mais. Ajuntava que ele estava no exato cumprimento das etapas do desenvolvimento humano: celibato, casamento, viuvez. E regressar às etapas anteriores era sinal inequívoco de fracasso. Muitas tentativas para convencer Almerda houve, mas ele não arredava o pensamento. Saboreada a viuvez, a vida parecia-lhe ter mais sentido.

De imediato, convocou-se uma reunião, a pedido dos pais do viúvo Almerda. Participaram os anciãos, que, deste abreviado encontro, decidiram.

— *Filho, tu deves casar-te, senão os homens daqui vão pensar que tu andas com as suas mulheres.*

Comoveu Almerda não a decisão, mas sim a mensagem, que

carregava a decisão. Não podia passar pela cabeça de ninguém que ele andasse com mulheres alheias. Ele era homem do bem, observador dos bons costumes locais.

Então, acedeu à vontade dos demais. Ele aceitava casar-se de novo, expor o seu nu a outra mulher. Pediu aos pais que lhe arrumassem tanto a cerimônia quanto a nova mulher. Os pais, com muito agrado, assim fizeram. Também chamaram o padre Mandevo para celebrar o matrimônio.

Quase todos estavam presentes, assistindo ao segundo casamento do mano Almerda. Primeiro, começou-se com os cânticos, depois as rezas do padre, e, posteriormente, o anelamento dos noivos.

Nesse anelamento, Almerda puxou o dedo da nova noiva, e embelezou-o com o anel. Em seguida, a noiva fez o mesmo. Mas, no exercício do passo, ela deparou-se com um outro anel, que já estava no dedo de Almerda. Preocupada, ela pergunta:

— *Este anel?*
— *É da minha falecida esposa.*
— *Eu sei, mas deves tirar.*

Neste enquanto, todos olharam o Almerda, a apoiar a vontade da noiva. Alguns mesmo chegaram a fazer coro com o padre Mandevo.

— *Tira o anel, Almerda.*

Demorava-se. Muitos estavam à espera que ele mesmo tirasse. Mas Almerda não o queria. Defraudando expectativas de muitos, ele sentenciou.

— *Ou duplico os anéis, ou não há casamento.*

A sala encheu-se de silêncio e estupefacção. Mas esse ambiente foi insuficiente para o padre, que pediu mais calma. Depois, o mesmo pediu a retirada, do interior da igreja, de toda a gente menos o Almerda. Queria conversar com ele, a sós.

— *Filho de Deus, tu deves retirar este anel, para pôr o outro.*

— *Padre, eu aceito o novo casamento, mas continuarei a dedicar amor à minha falecida esposa.*

— *Está bem! Mas vai tirar o anel deste dedo?*

— *Sim, tiro.*

Dito e desfeito, Almerda foi desenroscando o anel, enquanto o padre lançava aviso às pessoas instaladas no pátio da igreja, para reentrarem.

Todos entraram, convictos de que o problema estava ultrapassado. Engano deles. Pois, Almerda, depois de retirar o anel, segurando-o entre o polegar e o indicador, abriu o casaco, e exigiu ao padre.

— *Padre, abra-me o peito, por favor. Esse primeiro anel vai viver dentro da minha alma. Abra-me o peito, por favor. Quero anelar o meu coração.*

# O 25 que pariu um estranho ladrão

*O crime:*
*Antes foi: matar ou roubar*
*Agora é: ser apanhado a roubar ou a matar*
(Geraldinho Saudoso)

Isto era sobejamente sabido: nem todas as palavras tinham direito de pronunciação, em Fim-de-Mundo. As abundantes palavras da língua local foram, antes, objeto de apurados e aturados estudos dos ancestrais, antes de serem usados por demais falantes. Não bastava que os falantes tivessem bocas. Era necessário um conjunto de palavras bem selecionado, para um discurso prudente, eloquente e excelente. É que não havia outra coisa que mais ofendesse do que as palavras.

E sabia-se que azar não era sinônimo de má sorte. Os dois termos tinham pesos diferentes, ímpares. Mais, sancionavam-se exemplarmente os prevaricadores, aos olhos e ouvidos de muitos. Que o aceite Geraldinho Saudoso, que foi vítima do mais pesado sermão dos anciãos de Fim-de-Mundo, quando lhes quis despejar a sua estória de assalto no natal.

— *Eu tenho azar, companheiros.*

Todos o olharam, com certa apreensão, atentando-se no sangue, que lhe escorria dos inúmeros ferimentos. Mas muitas eram feridas, que não lacrimejavam nem sangue nem água. Brancas estavam as feridas, assinalando exiguidade de sangue, no corpo desse Geraldinho. Ele, todavia, injustificava-se:

— *A dor não atingiu os globos vermelhos, onde se esconde o sangue.*
Ninguém lhe depositou seriedade. A haver seriedade, era reservada para a mal anunciada estória de assalto. Pois, havia muito que Fim-de-Mundo não registava algum caso de assar o alto. A vida singrava com certa calmaria. Mas, agora tinham ressuscitado os gaturnos?

Pediram a Geraldinho para que contasse a estória. Mas, antes, corrigiram-no numa coisa. Disseram-lhe que o que ele teve foi má sorte, longe de ser azar. Azar era coisa de muita gente, quanto à pobreza. Era um substantivo coletivo, proibido de caracterizar sofrimento de um singular.

Em seguida, Geraldinho contou o sofrimento, por que passou. A estória do assalto, de que fora vítima. Disse que tudo começou no crepúsculo do dia vinte e quatro de dezembro, a escassas horas de mais um habitual nascimento de Jesus Cristo. O movimento era desusado e abusado. As gentes apinhavam-se, no reduzido chão da baixa da cidade, embaraçando o seu pleno respiramento.

Mais, complicado era indicar a maior direção dos múltiplos passos. Uns andavam, outros desandavam. Nas multidões, estavam, sem dúvida, os ladrões surripiando os inocentes. Mas com todo o cuidado, pois uma mínima falha, um mínimo incidente, acidentaria as suas vidas. Uns estavam de olho, outros de ouvido.

Neste ínterim, eis que alguém ia largando gritos. Procuraram caracterizar o timbre da voz, que se exalava. Depois, a dicção, com que se pedia socorro. Nada foi reconhecido. Era, todavia, o jovem Geraldinho, que recebia múltiplos golpes, enquanto era revistado por estranhos. E inúmeras pessoas se chegaram ao local, onde Geraldinho estava a ser assaltado. Mas, mal os larápios se aperceberam da presença de muitas cabeças, desataram a gritar.

— *Mbava… .mbava… mbava…*

Queriam, estes inimigos do alheio, confundir os presentes. Conseguiram. Pois, os recém-chegados socorristas foram aplicando sovas ao Geraldinho. Batiam-lhe, de tal maneira, que parecia um eventual desajuste de contas.

O resultado: enfeitaram-lhe a testa de galos; decoraram-lhe o corpo com sangue e areia. Só não o prejudicaram mais, graças à pronta intervenção da polícia, os homens da lei de ordem. Estes conduziram Geraldinho à esquadra mais próxima. Lá, Geraldinho encontrou o oficial em serviço, que o submeteu logo a um interrogatório.

— *Então, tu estavas a roubar?*

— *É o que dizem. Dizem que roubei. Eu não roubei coisa de ninguém.*

Sempre a mesma resposta: dizem que roubei. Os ladrões parecem ter passado pela mesma escola. Ninguém confessa o roubo. Mas para o caso de Geraldinho, não pensasse a polícia que ele tinha roubado a alguém. Ou a um José-ninguém. Mais, não havia provas criminais. As únicas existentes eram do espancamento, de que Geraldinho fora padecente. Feridas inúmeras povoavam o seu corpo, alimentando moscas gigantes. Como aquelas que se alimentam do produto da nossa maior necessidade.

# A imprevista previsão de tempo

> *Quem fabrica aparências*
> *Não é o coração nem o sangue*
> *São os nossos olhos*
> (Povo de Walowedzera)

Ninguém desconhecia essa verdade: Walowedzera era uma cidade suja, porque, havia muito, que Deus não a lavava. A cidadezinha não era varrida, nem alimpada, com água de chuva, líquido de abrangência maior. No entanto, sabia-se que, no lado de lá do céu, a chuva estava, com constância, a ser cozinhada, temperada com todos os ingredientes pluviais. O problema estava no servir, na distribuição do prestigioso líquido aos demais.

Não que não mandassem a chuva. Mandavam, mas não chegava aos destinatários, era extraviada para desconhecidos caminhos. Talvez houvesse assaltantes, inimigos do alheio, no entre a terra e o céu, a rasteirar a chuva, a esbofeteá-la e sequestrá-la para estranhos lugares.

Aconteceu, certa vez, que os líderes de Walowedzera decidiram mandar patrulhar os ares próximos do céu, montando, nos locais da desocorrência, homens equipados de armas de curto alcance: flechas, azagaias, lanças. Mas esses dias de patrulhamento foram todos coroados de insucesso, ninguém por aqueles dias temperava e cozinhava a chuva, nos céus.

Regressaram. Voltaram às vidas, cansados de tanto não

trabalharem. Ficaram à espera de novas ou antigas ordens. Mas o líder local dispunha era de nenhuma ordem. Problema era conhecido, desconhecida era a solução.

Os mais altos dirigentes da nação também deitavam preocupação no problema. Um de cada vez vinha solidarizar-se com a população, garantindo votos para o partido, nas próximas corridas eleitorais. Mais, aconselhavam os populares a ficarem atentos nas informações meteorológicas do doutor Jesustóvão, o homem que lia os céus e interpretava os ares. Ele é que deitaria aviso na população, sobre a véspera chuvosa, autorizando as populações a prepararem a terra, para a agricultura.

Afinal de contas, havia muito que a população empregava o seu esforço, torturando a terra, mas sem resultado nenhum. Virava-se e revirava-se a terra e os capins, com monumental dedicação, mas, no frigir dos ovos, a chuva não caía, premeditada ou acidentalmente.

Todavia, certa vez, a cidadezita acordou debaixo de relâmpagos e trovoadas. E logo-logo, os optimistas desataram a trabalhar a terra, com a ajuda dos bois. Os mais cépticos leram o acontecimento doutro modo: aqueles relampejar e trovejar eram formas únicas de Deus fotografar a triste realidade, por que passavam. Até um deles, à pressa, chegava a convocar os seus, para posar para a divina fotografia.

— *Depressa, venham todos. Deus quer fotografar o nosso sofrimento.*

— *Mas, para quê a fotografia?* — perguntava um dos convocados.

— *Para Ele tomar decisões acertadas.*

Nesse entretempo, apareceu, nas câmaras da televisão local, o meteorologista Jesustóvão a prever meses chuvosos:

— *Poderão ocorrer, nos próximos meses, chuvas fracas a moderadas, pois uma corrente fria está a atravessar o oceano, a uma altitude de quatro metros.*

Falava como se fosse ele o mandador da chuva. Como se tudo dependesse dele, a ponto de expulsar advérbios de dúvida, do seu discurso. Mesmo quando o jornalista em serviço lhe perguntou se se adivinhava uma boa época agrícola, ele respondeu, com categoria, que sim.

A população, eufórica, recebeu a notícia. Investiu na machamba tudo quanto dava: esforço, sementes, dinheiro. Depois, ficou à espera da anunciada chuva.

Um, dois, três, quatro meses, e a chuva teimava em não cair nas terras locais, acabando por, literalmente, deitar por terra as sementes, o esforço e o dinheiro da população.

Desesperada, a população amotinou-se, na sede da televisão local, exigindo o pescoço do meteorologista Jesustóvão. E o meteorologista, assarapantado, saiu a enfrentar a população.

— *O que se passa, meu povo?*

— *O que se passa uma ova. O senhor é mentiroso: prometeu chuva e não cumpriu.*

— *Aquilo que eu fiz foi uma previsão, não era um dado adquirido.*

— *Tudo o que nós gastamos só é previsão, não é um gasto adquirido?*

Não se alongou a conversa. Logo-logo, a população tomou

de assalto o pescoço do meteorologista, apertando-lho, até à morte. Depois, alguém, daquela população enfurecida, desabafou.

— A sua morte é uma previsão. Não é um dado adquirido.

Depois, em debandada, todos fugiram, para muito longe do local do crime. A população tinha coragem de matar, mas tinha medo da condenação. Empreenderam todo o esforço, para se livrarem do corpo da vítima, afugentando as provas do crime.

Sabe-se, todavia, que, no dia, em que foram a enterrar os restos da morte do meteorologista, muitos dos que o mataram estavam na procissão do funeral, a confirmar a sepultura, para mais tarde, poderem trazer flores bonitas, que cobririam o tecto da campa de Jesustóvão.

Leram-se, em seguida, as mensagens de condolências. Muitos foram os elogios, que o meteorologista recebeu, enquanto morto. Jesustóvão recebia aquilo, a que não tivera direito, em vida: as ovações e palavras de apreço.

Quando chegou o momento sepulcral, todos se instalaram nas bordas da cova, para assistirem ao corpo do meteorologista realmente a descer à terra, sua primeira e derradeira moradia. Mas, mal o corpo do meteorologista pousou no fundo da sepultura, o céu tropeçou e deixou cair o que estava nas suas mãos, a chuva. E logo-logo a população abandonou o local, ficando por terminar os passos derradeiros. À pressa, foram trabalhar a terra, para lhes produzir comida. Não valia a pena desperdiçar aquelas raras águas, pois havia muito que esperavam por elas. Até o corpo de alguém sacrificaram.

## A IMPREVISTA PREVISÃO DE TEMPO

O corpo cadaverizado do meteorologista Jesustóvão, todavia, ficou a ser enterrado pelos torrões de areia, que foram sendo deixados cair na sepultura, pelas rajadas de vento e pela recém-vinda chuva, fenómenos meteorológicos, que Jesustóvão, em vida, tanto previra.

# A tempestade depois da bonança

*Lambe-me, lambe-me,*
*Lambe-me o cérebro*
*Até eu ficar limpo de pensamento*
(Oração dos paupérrimos)

A nossa cidade era lugar de máximas estrelas, com todas as condições para hospedar calamidades de todas as espécies: secas, cheias; ciclones, e outras que tais. As calamidades se alternavam, fossem irmãs, filhas da mesma mãe, a Natureza.

Primeiro, vinha a seca, a primogénita da Natureza. O seu tempo de actuação era o maior de todos. Chegava, sem que ninguém se apercebesse, feito um gato, que anda pelo chão, sem ofendê-lo. Sabe-se: a seca jamais desejou morte súbita dos seres vivos. Ela, antes, atacava-os, até definharem. Afinal, a seca pretendia que as vítimas soubessem que estavam moribundando, à beira de descer à terra.

As consequências eram desastrosas. Os únicos resistentes à seca eram o homem mais a mandioqueira. A mandioqueira, na verdade, não escolhia a seca por desejo fundo. O fazia por medo à chuva. A terra, essa é que cantava vitórias, desfraldando suas bandeiras. Com sol constante, robustecia, imunizando-se contra a tortura, que lhe era infligida pelos seus inquilinos.

A chuva chegava, sem prestar aviso a ninguém. Os meteorologistas apenas faziam de conta que sabiam prevê-la e ditar-nos as suas características e trajetos. A sua chegada era motivo de contentamentos e descontentamentos. A chuva é Deus dos agricultores e Diabo dos pescadores.

Não que não houvesse, nesse entretempo, plantas que objetassem a chuva. Havia. Havia a papaieira, que dedicava, inerte, ódios à chuva. Um fato é curioso: a papaieira é um agradista às avessas. É arrogante com os fortes, e obediente com os fracos. Destrói paredes altamente construídas, mas sucumbe com as mínimas chuvas.

Outra calamidade, de que a nossa cidade padecia, eram as cheias. Rotineiramente, as águas dos rios entulhavam as terras da cidade. E nasciam as mais variadas interpretações. Os religiosos defensavam que aquilo era obra do adversário de Deus, o Diabo. Os políticos da oposição acusavam os colegas no poder de serem incapazes de travar as cheias, erradicá-las, de uma única vez por todas. Ainda, acorriam aos centros de acomodação temporária, com incomum brevidade. Despejavam lágrimas, empáticos. Fingitivos, proferiam palavras balsâmicas.

Os mais arrojados opositores do governo no poder faziam pré-campanha eleitoral, doando variados bens. Depois, aconselhavam as pessoas vitimizadas a não mais votarem nos que atualmente as governavam, porque eram os causadores das cheias. E, em defesa, o governo desse tempo reagia, expulsando responsabilidades de si mesmo, e atirando-as de encontro aos países das cercanias.

— *A culpa não é nossa. Essa água vem dos países vizinhos, lá onde nascem e são criados os rios.*

A população da cidade acreditava, vezes com contas, no

culpado, os governos dos países de fora. Alguma vez até, as pessoas pediram aos seus políticos que abrissem canais de diálogo e convencessem os mesmos a mandar menos água.

Os então políticos fingiam que acatavam os apelos do povo. Afinal, não havia outra forma de estes políticos estabelecerem calma na população, nesse momento de pânico.

No entanto, em poucos dias, o sofrimento todo passava. As cheias levavam consigo o sofrimento e deixavam-nos a desgraça. Em uma singularidade, as cheias são competentes: matam as vidas e os seus víveres, em concomitante. E a população gostava desse suceder de coisas. Até quando o sofrimento era demais, os seus proprietários falavam-lhe.

— *Vamos morrer juntos, quando as águas chegarem. Vamos descer juntos à terra. Ou melhor, à água. Nós morremos soteaguados.*

Na verdade, o que custava não era enfrentar as cheias. Custava era enfrentar o período posterior às cheias, o reiniciar das vidas dos que viveram e o enterro dos que morreram à conta das cheias. Com muitas dificuldades, voltava-se ao comércio, à pesca e à agricultura. Os agricultores, estes é que aproveitavam os limos e humidade deixados pelas cheias, fertilizando-lhes os campos agrícolas. Mas o aproveitamento era de pouca dura, pois, em tempo recorde, o sol enrijava a terra, a ponto de prejudicar a produção.

A preocupação tomava de assalto os agricultores. Enquanto a terra enrijava, o sol secava as plantas. O desespero voltava a povoar os rústicos rostos de muitos. E sabe-se que, numa dessas vezes, a população local pedira a presença do administrador, para com ela se solidarizar, e para se lhe fazer um pedido:

— *Senhor administrador, peça aos governos dos países vizinhos que mandem um pouco de água, pelos rios, como fizeram nas cheias. Mas diga-lhes para que não mandem muita água, para não criar estragos.*

Houve espantos e prantos. O espanto foi engendrado pelo pedido da população, que tinha se deixado levar pelas declarações fugazes dos políticos do governo do dia. Os prantos, dissimulados, eram para confundir a opinião popular, de que ele estava ao lado da população, sentindo nos ossos o sofrimento por que passavam.

Depois, o digníssimo administrador prometeu à população que dialogaria com os outros governos, mas que a população tivesse paciência.

— *O diálogo vai acontecer, mas pode demorar, visto que nós somos pobres, e poderemos não receber resposta muito cedo.*

A população, de novo, depositou crença no dirigente. Tanto mais, quando o mesmo administrador prometeu distribuir comida, com a ajuda dos países doadores, caso a seca se agudizasse, cada vez pior.

# Um gueto sem saída

> Os verdadeiros pobres
> Não são os que apresentam
> O atestado de pobreza
> São os ricos que não solicitam
> O atestado de riqueza.
> (Mulheres de Zebadjia)

De improviso, a porta, que encerrava o cerco da palhota de Zebadjia, foi violada por um ajuntamento de dedos destemidos. Eram quatro horas da madrugada, mas a luz lunar precipitava ao dia o regresso da clareza. Sabia-se, nessa altura, que o Dia era preguiçoso, deixando a lua exibir a sua noturna musculatura, nas primeiras horas da sua existência.

Teimosa, nesse entretempo, a porta recusava-se a transmitir o chamamento da alma desconhecida recém-instalada no exterior da palhota. Então, mais força foi acrescida àqueles dedos, que violentavam o silêncio da porta. Mas foram incapazes de rapidamente expulsar do sono o proprietário da casa. Foram, todavia, os intrusos cães que instaram Zebadjia a regressar à vida, depositando ensurdecedores latidos no silêncio da noite. Zebadjia abandonou o sono, e pôs a porta a trabalhar. Em seguida, colocou-se de costas, no ímpar modo, para evitar a queda da aleijada porta. Essa saída traseira deixava-lhe bem visíveis as rasga-mantas, que lhe davam beleza aos enrijecidos pés. Sabia-se que, em cada uma daquelas fissuras, ele exibia um pedaço da sua própria história, repartida entre amargas vidas e doces mortes.

Já virando o rosto, para encarar o ente daquela madrugadora visitação, tamanha foi a sua surpresa: era o seu desaparecido amigo, João Forasteiro, acompanhado de uma jovem de estranha presença. A moça carregava lábios enodoados de batom. As calças ficavam-lhe justas e eram de tecido fino, denunciando-lhe a localização das intimidades. Na cabeça, desfilavam-lhe cabelos doutra raça.

No entanto, foi a indicar o exotismo dessa mulher que João Forasteiro justificou a sua delongada ausência.

— *Zebadjia, andei fora, à procura desta beldade. Agora, ando com mulher bem temperada, para abrir-me o apetite.*

A reacção de Zebadjia foi tímida, esquivando da moça os olhares. Estendeu a mão direita ao amigo, enquanto, com a outra, lhe atacava as costas. À mulher não dirigiu cortesias, cumprindo os modos da tradição. Assim, evitavam-se ciúmes e tentações. Mas João Forasteiro exigiu a quebra da tradição, impondo os novos modos:

— *Mano, agora são beijinhos na bochecha.*

Zebadjia cedeu, para agradar à ocasião. Marcas de batom coloriram-lhe as paredes das bochechas, e o perfume daquela mwaninha impregnou-lhe as densas barbas.

João Forasteiro, em seguida, foi dizendo o que o seu amigo já sabia, mas que não gostava de ouvir. Que ele estava a emagrecer em demasia, contrariando os anos da independência da vila de Ndatambira. Dizia-se, à boca pequena, que Zebadjia definhava, à conta das promessas eleitorais não cumpridas. De que eleições, não se sabia. Pois, nessa altura, a democracia estava ainda nas malas, a caminho das vilas da nossa Nação. De fora, vinha uma minoria emalando o poder da maioria.

Zebadjia não só estava a emagrecer, quanto estava a perder os dentes, de tanto mastigar o nada. Rotineiramente, os seus olhos cruzavam a rua, à espera que os seus irmãos de luta viessem, com algo, para tirar-lhe a preguiça dos dentes. E sabia-se que Zebadjia ficara cego, por causa desse olhar paciente para o infinito da rua. Mais, a sua pele jamais reagiu, com líquidos sanguíneos, aos ferimentos minúsculos. Mas ele justificava-se, dizendo que os ferimentos de tal magnitude escassamente atingiam os seus glóbulos vermelhos, onde ele garantia esconder-se o encarnado líquido.

Entrementes, João Forasteiro, não se referiu muito às deformações, que afligiam o corpo do amigo. Foi antes ao estritamente necessário. De olhos na mwaninha, que descansava, apeada no curto comprimento do seu braço direito, disse ao amigo.

— *Mano Zebadjia, vim buscá-lo, para terminar a sua vida na cidade.*

De novo, essa! Forasteiro não se cansava mesmo da teimosia do amigo. A cada quinquénio, que ele arribara à Vila, o seu convite fora sempre declinado, de veemente forma. Mas, pelos vistos, ele não conseguia arredar a vontade nem o pensamento.

— *Vamos, mano, a cidade agora é o centro do envolvimento.*

Do desenvolvimento era o que ele queria dizer. O seu português ainda não era muito apurado, para explicar o seu coerente pensamento. Os alguns vocábulos do português que ele aprendera tinham sido a partir da deficiente oralidade. Mas essa atrapalhação linguística não o impedia de entender a mensagem. Pois o amigo Zebadjia, apesar de não ler palavras, docemente interpretava pensamentos. E essa faculdade ajudou-o a responder ao amigo:

— *Eu não irei para a cidade, por uma questão de respeito à palavra de Sua Excelência o Presidente da Nação.*

— *Que palavra, irmão? Que porcaria de palavra essa Sua Excelência te disse?*

— *Tem lá calma, que eu to digo. Você não é um desconhecedor, mas sim, um ignorante.*

Então, plácido, Zebadjia foi pousando a sua falação sobre a ignorância do amigo. Recordou-lhe que, quando chegou a independência da Nação, o Presidente deitou esperança na população. Que não abandonassem a Vila, naquele momento, em que a independência era ainda menina, vulnerável às doenças da idade. Prometeu ainda que o desenvolvimento chegaria à Vila com a brevidade do Sol. Afinal, irmãos de raça e de território é que estariam agora no poder, conduzindo os destinos do povo.

Foi a maioria que acatou a ordem de permanência. Não havia razões para contestações. Era um período, em que as palavras dos inúmeros líderes alimentavam quanto as da bíblia. Mas depois, veio o silêncio, para esvaziar os estômagos de muitos. Nenhum alto dirigente quis mais saber das coordenadas geográficas da Vila. O Administrador da Vila, nesse entretempo, é que era o único a deslocar-se para a metrópole, para lá receber as nunca conhecidas recomendações. A única coisa que o

Administrador lhes trazia da metrópole era o seu oco estômago, para ser alimentado pelas populações, às quais jamais destinou políticas diversas.

A explicação de Zebadjia continuou, intacta, até que, a dado momento, Forasteiro, ofensivo, lha susteve:

— Passaram-se décadas, mas não chegou o prometido desenvolvimento, nem a pobreza dos outros. A vila de Ndatambira é uma ilha, pela sua extrema pobreza.

— Aí sim. Tens razão — concordou Zebadjia.

Não havia mesmo que discordar. A realidade era prova contundente da proposição de Forasteiro. Mais, nem a eleição dum filho da casa, de pais ndatambirenses, serviu para trazer a sua Vila às retinas de um que dirige gente. O muito que sucedeu foi ele transferir os seus, que ainda sobravam no distrito, para a metrópole, e colocá-los em diferentes postos ministeriais.

No entanto não bastou que esse filho da casa se esquecesse deles. Também foi praticando desmandos no poder, acirrando descontentamento entre as gentes. As coisas ficaram turvas, e a guerra rebentou. As armas silenciaram as bocas. Os dedos detiveram os gatilhos. Na Vila, morreu-se, como mosquitos. Na cidade, nem um morto. Afinal, quando dois gordos lutam, quem sofre é o magro.

— Estás a ver, mano, nesta guerra, perdeste alguns dos teus filhos. Até a tua mulher partilhaste com esses massotchas.

— Sim... até nem me fale disso.

Depois, a guerra acabou. As balas acabaram, e as armas foram a enterrar. Ninguém mais queria saber da conversa das armas. A circulação de pessoas fluía já, com naturalidade. Mas o sentido da circulação era único: do campo para a cidade. Quase todos os habitadores da Vila se entulharam nos vagões do Doba, que passava pelas linhas de ferro, que cruzavam a Vila. A esperança era ímpar: encontrar a boa vida, que muitos disputavam na cidade.

Zebadjia era um dos poucos que continuavam a habitar na Vila, nutrindo a esperança de que tudo, um dia, havia de mudar. Mas os anos passaram-se, e a água não ia, e muito menos vinha. E agora todos zombavam dele.

— *Nós todos estamos a partir. O desenvolvimento, com que tu sonhas, só chegará, quando tu e a tua pobreza descerem à terra.*

No início, Zebadjia foi dedicando resistências às pessoas, que proferiam estas corruptoras palavras. Mas, com o andar do tempo, foi fingindo de contas que aceitava o natural partir das inúmeras pessoas, e que ele fosse a última pessoa a deixar o alugado chão da Vila.

Dos que partiam, poucos voltavam. E um dos que regressavam era justamente João Forasteiro. Esse, que agora trazia uma mwaninha genuína, novinha em folha, para convencer o seu amigo Zebadjia a ir gastar na cidade os restantes anos da sua vida. Pois lá, a vida andava às maravilhas, dinheiro circulando em mãos de todos.

— *Na cidade, construí uma casa, com estas minhas mãos* — frisava Forasteiro.

Mais, Forasteiro garantiu ao amigo que, lá na cidade, não se comia mandioca, nem se tomava chá balakata. Havia pães e cafés, que bastassem para todos. Havia caldo, para substituir o sal branco. Havia vinagre, para substituir o limão.

Aos poucos, Zebadjia era derrotado pelos argumentos contundentes do amigo Forasteiro. Hesitante, chegou mesmo a dizer.

— *Não adianta eu pensar em ir para a cidade. Não tenho pelo menos um par de sapatos, onde os meus pés se façam transportar para lá.*

— *Não se precisa muita indumentária. Bastam uns chinelos bem engraxados e um casaco para esconder a pobreza interna.*

— *Pobreza interna?*

Que se acalmasse. Forasteiro ia explicar-lhe tudo. Como fez. Disse que lhe ofereceria um casaco e uma camisa de compridas mangas. As duas peças tinham defeitos diferentes. O casaco, comprado na calamidade, sobrava-lhe no corpo, feito noutro chão, ignorando-se as medidas do corpo, que se vestiria da peça, em mão secundária. A outra peça, a camisa, também comprada na calamidade, coincidentemente tinha medidas justas, mas, nas mãos do segundo possuidor, sofrera a queimadura mais grave de sempre. As costas da camisa tinham-se evaporado, vítimas do ferro quente de engomar.

— *Não deves tirar o casaco, enquanto estiveres com esta camisa* — advertia Forasteiro.

— *Será que vou conseguir? Ouvi que na cidade aquece muito.*

— *Vais, meu amigo. Lá, todo o mundo anda de casaco, faça calor, faça frio. Depois, onde não és conhecido, a roupa deve falar mais alto.*

Zebadjia concordou, e vestiu-se daquela roupa alheia. Pegou

nos seus pertences, e partiu para a cidade. As suas duas mulheres e os doze filhos seguiriam posteriormente. Isso, logo que ele conseguisse uma casa. Como se julgava ser fácil.

Chegado à cidade, o ambiente era estrangeiro. Havia casas de alvenaria, com muros altos, para combater ladrões e feiticeiros. Na zona urbana, ninguém mais usava chigabugabu. A corrente elétrica chegava para todos. Até os cemitérios eram devidamente iluminados.

— *Aqui já não há fantasma* — explicava Forasteiro.

Mas o bairro, em que os dois foram entulhar-se, era diferente. Chamava-se Subúrbio. Lá não havia estradas nem carros. O quintal de um terminava na porta do outro. Alguns caminhos passavam pela sala de estar de alguns. Neste subúrbio, não se tocavam músicas, mas aparelhos de som. Era um bairro, onde só havia direitos a gozar. Até em valas de drenagem havia obras. Os rios e seus afluentes estavam sendo transformados em residências e zonas.

Entrementes, Forasteiro não deixou de explicar ao amigo as condutas das pessoas da zona. Disse-lhe que o bairro albergava larápios, inimigos do alheio. Mas que não era preciso deitar muita preocupação nestes gaturnos, pois jamais roubariam aos irmãos do bairro. Eles eram ladrões do bairro de Cimento. Roubavam a maioria dos que enriqueciam à sua custa.

Mais, apresentou-lhe os caminhos do bairro, e a principal rua, que separava o Subúrbio da zona urbana. Era a rua mais larga, cheirando a fezes. E era essa rua a fonte desse nauseabundo odor. Aquela rua é que era a latrina aberta de todos os suburbanos,

os que tinham chegado da Vila de Ndatambira, habituados a depositar ao relento os seus digestivos resíduos. E eles não se incomodavam com aquela desfeita, pois diziam:
— *O vento sempre sopra para lá, para o lado dos ricos.*
Zebadjia foi ensinado a nutrir este ódio pela maioria dos ricos da cidade. Para ganhar o seu pão e a sua manteiga, devia lutar, sozinho, sem apoio de nenhum rico. Nem sequer sal devia pedir aos vizinhos. A vida ali era cada qual por si e Deus para ninguém. Afinal de contas, Zebadjia dessa verdade era desconhecedor: Deus testemunha a preguiça e a valentia de cada um de nós.

No subúrbio, a dedicação de Zebadjia ao trabalho qualquer veio ao de cima, nos primeiros anos. Dedicava-se ao trabalho, como um fiel crente se dedica a Deus.

Rapidamente, conseguiu alguns bens, e passou a ter mola, para pagar o aluguer duma casa. Então, teve que ir buscar os seus, que sobravam na Vila de Ndatambira. Os seus doze filhos pela primeira vez pisaram o chão citadino. As suas duas mulheres pessoalmente confirmaram o atraso feminino, de que eram acusadas. Delas continuavam a brotar filhos, como pintainhos. Não que Zebadjia gostasse desse número de filhos. Fazia filhos, contando com as mortes precoces. Como tinham feito os seus predecessores. Era comum uma mulher ter quinze filhos, mas ficar apenas com um terço deles. Doenças e animais ferozes matavam os descendentes dos homens.

Mas havia muitos casais, que se frustravam, com as suas intenções. Duplicavam-se os filhos, a contar-se com a alimentação da Morte; mas esta, de quando em vez, vinha sem apetite, deixando os casais desprogramados.

Na cidade, as mulheres de Zebadjia não paravam de engravidar. De ano em ano, o pobre era cada vez mais pai e cada vez mais pobre. Os dirigentes é que muito se chateavam, com os nascimentos, que aconteciam na casa dele. Até, certa vez, os mesmos orientaram os médicos, para que, nos próximos partos, retirassem os ventres das duas mulheres, sem que elas se apercebessem.

— Tirem-nos os ventres das mulheres poedeiras. Já não há condições para garantir educação e saúde para esses miúdos.

Os médicos cumpriram com as ordens. Das esposas de Zebadjia nasceram os últimos filhos, e elas tornaram-se logo-logo improdutivas. Zebadjia foi empreendendo amoroso esforço, mas nada. Até que pensou que os ventres das consortes já estavam rotos, com os inúmeros pontos de escape. Afinal, havia motivos, para que os internos berços admitissem cansaço. Foram vinte anos, ininterruptos, de recepção de vidas incipientes.

Nesse enquanto, Zebadjia, a pensar nos inúmeros filhos, comprou um talhão, no bairro de cimento, lá do lado dos ricos. Lá queria edificar uma casa, para albergar os filhos, pois não se sabia o que lhe podia acontecer amanhã. O próprio Zebadjia era atento a isso, afirmando, sempre que possível:

— *A morte é uma ladra muito drogada. Rouba-nos, enquanto a gente menos espera. Surripia-nos é quando o nosso olho está bem aberto.*

Tinha razão, pois a morte sempre distraía as pessoas, antes

de atuar. Nem os doentes ela poupava. Pela própria experiência Zebadjia falava. Foi distraído pela Morte que ele perdeu o seu filho e a sua amante. Primeiro, o filho é que foi baleado imortalmente por um grupo de meliantes. E sobrando, nesse momento, um pouco de vida na criança, evacuaram-na logo para o Hospital Periférico da Cidade.

No hospital, os médicos descobriram que as balas lhe tinham entrado fundo. Até alguns, que mal sabiam interpretar, diziam que os projéteis furaram as veias do miúdo e lhe circulavam por elas, ao sabor do movimento do sangue. Mais, dizia-se que, para expulsar essas peçonhentas balas do descendente de Zebadjia, era necessário drenar-lhe o sangue todo. Só depois de as bacias se encherem de encarnados líquidos é que as balas caíram, envergonhadas, sem a proteção dos carregadores.

Nesse enquanto, Zebadjia pensou que a solução tinha suplantado o problema, pois o miúdo registava melhoras. Até que um dia, esse puto acordou sem dores. E logo-logo os médicos lhe prepararam a alta. Mas, mal a assinatura do médico-chefe pousou sobre o documento, a Morte raptou o miúdo.

A outra trágica morte, que acontecera ao Zebadjia, foi a da amante. Esta, depois de o pôr a ele na garrafa, foi troçando das suas duas legítimas esposas. De quando em vez, passava pela casa das duas, com amigas, e desprendiam irritantes gargalhadas. Ainda, nessas passeatas provocatórias, ela trocava de capulanas, enquanto as duas mães dos filhos de Zebadjia se vestiam de farrapos.

Sabe-se que, em reação, as esposas de Zebadjia aplicaram

graves feitiços a essa amante do marido. Mal-estares fizeram companhia à visada. Andou por quase todos os renomados nyangas da região, mas nada. Até por modernas igrejas, cujos líderes desvalorizavam os curandeiros, mas que exerciam os seus ofícios, ela andou, e não encontrou solução. O problema só seria solvido, com o pedido de desculpas de Zebadjia às duas esposas, prática proibida pela sua tradicional educação. O máximo que ele fez foi dedicar-lhes ameaças, quando estivesse bêbedo.

A arrogância de Zebadjia e a ignorância da sua amante fizeram com que ela, a passos largos, caminhasse para a morte. Mas, antes de ela descer à terra, as dores lhe concederam alguma trégua. Até todos pensarem que o mal se lhe tinha evadido. Cortou-se o mal, menos a raiz. Pois, dias depois, morreu esta amaldiçoada amante de Zebadjia.

Na verdade, estas mortes, quando lembradas, faziam com que ele se sentisse atrasado na vida. Por exemplo, o fato de não ter casa, até à altura, em que conseguira um talhão, deixava-o com os nervos à flor da pele.

Conseguido o talhão, escassos lhe eram os recursos, para edificar uma casita. Aos poucos, ia fabricando tijolos, lá no seu talhão, sito no bairro de cimento. Mas os ladrões dos subúrbios não o ajudavam muito. Zebadjia fabricava um tijolo, por dia, e os ladrões, num só dia, roubavam-lhe dois. E os ladrões, que lhe praticavam estes desmandos, eram os do seu subúrbio, os mesmos que antes o humilharam, por ser pobre. Agora, invejosos, roubavam-lhe.

No entanto, à procura de fundos, para pôr o projeto com pernas para andar e mãos para executar, Zebadjia contou, novamente, com a opinião do amigo Forasteiro. Foi este que o aconselhou a submeter um projeto de negócios à Autarquia, para avaliação, pois esta dispunha de fundos, para o desenvolvimento de iniciativas autárquicas.

Sabia-se que esta frente, de desenho e submissão de projeto, era espinhosa. Primeiro, porque era imperioso ter um vocabulário altamente apurado, visto que os dirigentes da Autarquia local valorizavam mais as palavras do que as ideias. Segundo, Zebadjia tinha que ser do mesmo partido do Presidente da Autarquia.

Foi, todavia, Forasteiro que procurou tirar o amigo do embaraço. Enfiou-se num quarto, por uns dias, a desenhar o projeto. Depois, aconselhou o amigo a adquirir o cartão do partido do edil. Mas Zebadjia disso não gostou, exibindo justificação.

— *Não posso fazer isso. Isso será uma traição partidária.*

— *Não será traição, mano. Será apenas uma aventura extra- partidária.*

Tanta foi a pressão de Forasteiro, que Zebadjia acabou por ceder. Preparou-se, e foi ter com os dirigentes do partido do autarca. Conseguiu o novo cartão, enquanto o seu, o legítimo, estava bem guardadinho.

Na semana seguinte, depois de ter conseguido o cartão da moda, encontraram-se os dois amigos, para acertarem os últimos detalhes. E, receoso, Zebadjia consultou ao amigo.

— Mano, esse projeto vai, na verdade, passar?

Forasteiro respondeu que o projeto tinha todos os condimentos para passar: vocábulos e boa filiação partidária. Para mais, assegurou também que havia obrigações por parte da Vereação de dar andamento ao projeto.

— *Estes tipos comem mola dos doadores, em nosso nome. Agora, que a repartam, em nome da nossa fome. Afinal, uma nota lava a outra.*

Inundado de receios, Zebadjia foi submeter o projeto. E, passados alguns dias, o projeto foi aprovado, e ele, chamado, para receber o cheque. Vestido de fato completo e sapatos bem engraxados, foi receber o cheque, das mãos do edil local.

De sorriso a embelezar-lhe os lábios fumados, Zebadjia saiu, em direção ao Banco Autárquico. Os passos eram dados, com cuidado, para não machucar o cheque inteligentemente escondido nas peúgas, visando ludibriar os salteadores.

E, mal o dinheiro lhe povoou os bolsos, nunca mais Zebadjia deles tirou as mãos. Já não saudava a ninguém. Começou a fazer viva-viva. Eram ovos para aqui, frangos para ali. Médias de cervejas para estes, garrafas de refrescos para aqueles. As meninas. Dessas nem se fala. De hora em hora, Zebadjia trocava de jovem. Em casa nunca mais parou. Os tijolos nunca mais foram fabricados. Mas, quando alguns amigos lhe recordavam, sobre o esvaziado talhão, ele respondia:

— *Eu tenho mola, para construir uma casa, em uma semana.*

Esse seu discurso viveu apenas por duas semanas. Pois, na terceira, ele já não tinha mais dinheiro. Nessa semana, voltou a casa. Os vícios, interesseiros, abandonaram-no. Zebadjia, nesse entretempo, não ficou solitário, mas sim, solto.

O projeto de negócio não andou. Duma vez por todas, a casa não mais podia ser edificada. Para mais, Zebadjia tinha amortizações a pagar. E como? A única garantia, de que ele dispunha, era a sua confiável pobreza.

Sem norte, Zebadjia andava, pelas ruas da cidade. Usava gorro na cabeça, apenas para esconder os olhos, enchidos de tristeza. Seu caminhar era tímido, pisando o chão sem vontade. Por hábito das duas semanas, as mãos continuavam nas algibeiras.

Sem saída, Zebadjia seguiu por um caminho, que desaguava na casa de Forasteiro, amigo de dilatada data. Os dois não se tinham visto nem avistado, nas últimas duas semanas. Por iniciativa de Zebadjia, visto que, naquelas semanas, ele não andava com pobres, mesmo que fossem amigos.

João Forasteiro, todavia, recebeu-o. Mas antes confessou-lhe o que lhe ocorria na alma, na tentativa de corrigir o grave defeito do amigo.

— *Mano, você não pode ser assim. Eu ajudo-te em tudo, mas tu, mal tiveste dinheiro, te esqueceste de mim.*

— *Sim, percebo, não era eu mesmo.*

— *Para teres essa mola, eu é que te desenhei o projeto. Mas nem sequer dinheiro, para comprar a caneta e o papel, que gastei, eu tive.*

— *Eu reconheço, mano. Eu já disse que não era eu. Aquilo era demónio.*

Depois, Zebadjia pediu-lhe a troca de assunto. Que eles se concentrassem em como pagar a dívida recentemente contraída.

Os dois foram pensando, mas foi Zebadjia o primeiro a deitar solução:

— Mano Forasteiro! Já que a obra não vai mais acontecer, que tal eu vender o meu talhão?

— É boa ideia. Mas você sabe que o talhão não se vende. Podes ir preso.

Então, o melhor era arranjar um advogado, que bem conhecesse as leis de terra. Conseguiram. E esse tal rapidamente deitou solução no Zebadjia.

— Construa uma cabana de qualquer coisa, de capim ou de madeira.

— E depois, doutor advogado? — quis saber Zebadjia — escrevo vende-se esse talhão?

— Não. Em momento nenhum. Deves escrever: vende-se essa casa. Pelo preço, saberão que o que está à venda é o talhão.

Zebadjia concordou. Cumpriu com as orientações do causídico, e logo-logo já havia um cliente, por sinal um dirigente de Terras do antigo Governo. Em dois tempos, o ex-governante pagou todo o dinheiro. E Zebadjia novamente voltou a ser rico. E ainda, como ele se justificava em tempos de tempestade, voltou a ser possuído pelo demónio, o adversário de Deus. De novo, Zebadjia já não aproximava fala aos conhecidos. Nem sequer uma amortização do dinheiro emprestado ele conseguiu dar à Edilidade. É que esse Zebadjia era uma pessoa humilde, quando estivesse pobre, e arrogante, quando estivesse rico.

Entretanto, desta vez, não foram necessárias duas semanas, para ele ficar pobre. Apenas em sete dias, ele estava igual à sua pobreza. E, tentando viciar-se, cada vez mais, em ilícitos negócios, pensou em vender o seu secundogénito. Mas a esposa, a mãe do puto, se opôs àquela satânica vontade. Zebadjia, autoritário, sentenciou:

— *Vendo, sim, o miúdo. Farei outro, quando eu quiser. Afinal, eu conheço as técnicas!*

— *Que técnica, pai?! Estamos há cinco anos sem ter filhos. Vão acabar essas crianças e vais ficar sem essas bengalas.*

— *Eu não sou o culpado. A sua nhoca é que fechou o seu ventre.*

Sem demoras, Zebadjia pegou no miúdo pelos ombros, e foi consultar o seu advogado.

— *Quero vender este miúdo. Qual é a saída?*

— *Aí, não há saídas.*

— *Não há saída, como aquela da venda do talhão?*

De forma veemente, o advogado disse novamente que não havia saídas. Mas Zebadjia não ficou convencido. Foi estudar uma possibilidade e, no dia sequente, teve uma saída. Vestiu a criança com uma roupa cara, e levou-o ao supermercado. Lá, ao pescoço do menino, pendurou um letreiro, com a seguinte escrita:

— *Vende-se esta roupa.*

Chegou um freguês, e comprou logo a roupa e o cobiçado conteúdo. Zebadjia voltou a ficar rico. Mas, de novo, empobreceu, em seguida. Tinham-lhe sobrado apenas algumas notas, incapazes de pagar a dívida contraída à Autarquia, mais os serviços de um advogado, para que o defendesse, diante dum Juiz, face à acusação, que era movida contra ele.

Então, Zebadjia entendeu melhor fugir. Voltou à sua terra, a vila de Ndatambira. Mas a vila já estava a repelir os seus antigos habitadores. Logo à entrada dela, havia uma escrita de advertência: *STOP: Vila em exploração de recursos do fundo da Terra*. E Zebadjia pasmou-se, com este transmutar das coisas, da noite para o dia. Depois, não adiantava que ele pedisse aos investidores a sua parte. Pois eles já tinham negociado com os legítimos proprietários dos recursos, os mortos, que já tinham sido transferidos para outras vilas, sem recursos.

# O assalto ao comandante

> Muitos têm o problema de insónia
> O meu é de insónhia.
> Sim, não consigo sonhar
> (Maventura Campestre)

Era o tempo das matrículas, gente se alvoroçando, em tudo o que é escola desta nostálgica cidade — muitos têm saudade dela, mas poucos a querem habitar. O comandante Maventura Campestre saiu, bastante cedo, às duas horas da madrugada, para ser uma das primeiras pessoas da fila, e vencer automaticamente uma vaga, das escassas existentes.

Aqui, na verdade, as infra-estruturas escolares são tão poucas, que cabem apenas as moscas, por causa da sua pequenez e da capacidade de partilha espacial de que dispõem. E não se sabe de quem é o problema. Talvez seja das autoridades governamentais, como apregoa o meu avô. Contentaram-se, com as exíguas escolas herdadas do colonialismo, e, agora, edificando uma a uma, como se não se exigisse pressa. Talvez seja do próprio povo, que se multiplicou de forma exagerada, longe do controle das autoridades governamentais.

Nessa manhã, segundo dia do mês de janeiro, o comandante Maventura madrugou, pois, a cumprir a fila. Mas, antes de percorrer, por completo, o perímetro do seu quarteirão, foi surpreendido por três jovens, desconhecidos, que, mal viram o senhor Maventura, se chegaram a ele, falando-lhe:

— *Pai, não vai mais adiante, lá em frente estão uns gatunos.*

— *Aonde mesmo?* — quis melhor saber Maventura, já assarapantado.

Respostas nenhumas lhe vieram. Apenas um pau já lhe tinha visitado a região da nuca, principiando-lhe a agressão. Em seguida, uma rasteira mal aplicada quase lhe deixava lamber a terra. E ele foi vencido pelo silêncio, incrédulo. Não acreditou que estava perante salteadores noturnos. Foi necessário que os jovens lhe aplicassem uma bofetada, a confirmar-lhe o assalto. E o comandante desatou a gritar, exigindo auxílio dos que o podiam ouvir.

— *Socorrooooo!*

Estava assim a suplicar por socorro, quando, de repente, avistou uma gigante pedra tremeluzindo entre os capins. Debruçou-se a apanhá-la, e atirou-a de encontro ao rosto de um dos salteadores. A ação da pedra foi tão forte, que o efeito se fez sentir, até nos não atingidos, que fugiram todos em debandada.

E, em diminutos minutos, cumpriu o céu o seu dever de cor, clareando o dia. As escassas pessoas, que haviam saído para socorrer Maventura, aconselharam-no a prestar queixa à polícia. Que fosse informar à polícia que um dos gatunos, ainda a monte, cedo ou tarde procuraria por serviços hospitalares, pois levou com pedra na cara, convocando terrível sangramento. Era urgente ir no encalço deste gatuno!

Naquele mesmo dia, decerto, o gatuno se apresentou, num hospital. Não foi ao do bairro. Lá seria descoberto, pensou ele. Foi ao regional. Chegado lá, os enfermeiros se atentaram nas explicações do doente, sobre a forma como ele contraíra o terrífico sangramento:

— *Eram cinco gatunos que me atacaram, a caminho do serviço.* — explicou o paciente. — *Estavam munidos de armas, sei lá se eram brancas, pretas ou azuis!* — concluiu.

Em seguida, os enfermeiros aconselharam-no a participar a ocorrência ao policial ali próximo, em serviço, naquele hospital regional. Para seu azar, todos os policiais já estavam informados da presumível vinda de um paciente sangrando no rosto. Bastava, de resto, o local do sangramento e o local da ocorrência, para permitir o seguimento das investigações policiais.

Destacaram um policial para assistir ao tratamento do queixoso. E o jovem, ingênuo, pensou estar a ser protegido — como vítima de assalto, é claro. Terminado o tratamento, um carro policial estava à sua espera, para o apresentar no posto policial da zona, onde ele supostamente fora salteado. O oficial da polícia em serviço ouviu, em seguida, a explicação do recém-chegado queixoso. O jovem se explicou, como já fizera no hospital regional, enquanto o oficial o acompanhava, circunspecto. Depois, sucedeu o inesperado por parte do jovem recém-adentrado pela esquadra policial. O oficial mandou chamar alguém, até ao momento ocultado, e perguntou seguidamente ao jovem:

— *Este é o senhor que te assaltou?*

O suposto assaltado foi tomado de assalto pelo silêncio. Um, dois, três e quatro minutos, o jovem se conservou taciturno. E o oficial policial voltou a lhe fazer a mesma pergunta, ora fitando-o, de modo severo, nos olhos. Foi então que o jovem disse a verdade, quando constatou tratar-se do comandante Maventura:

— *Não. Aliás, fui eu quem gatunou este senhor, quando ele talvez ia às matrículas.*

# Amor proibido

*Quando me olhares,*
*Por favor,*
*Deixa-me com*
*As peugadas dos teus olhos*
(Estêvã Saudade)

— *Fácil é ter fama, difícil é mantê-la.*
Desta frase me recordei, quando a minha mulher surgiu à porta do quarto, segurando um convite, entre os dedos. Era um documento provavelmente vindo de longe, pelo respeito, com que vinha embrulhado e adornado. E não demorei a desfrutar dos dizeres que preenchiam as enrijecidas páginas do papel deste convite.

Li-o logo, não só para me sossegar, como também para amainar os ânimos da minha esposa, Estêvã Saudade, que estavam bem exaltados. Há muito que ela reclama das minhas ausências. O que ela tem, em demasia, é saudade da minha presença em casa. Então, bom seria que o convite não viesse de longe.

Finda a leitura dele, o convite deixou-se repousar, em seguida, sobre o teto da cabeceira, enquanto eu catava fôlego, para explicar o seu conteúdo à minha esposa. Mais foram os salamaleques, para me explicar. Voltei a pegar no já lido convite. Fingitivo, queria dizer a Estêvã que me convidavam, para um lugar mais distante do que o exterior do País. A um local de difícil acesso eu deveria ir. Na região da Independência eu deveria estar.

No entanto, logo-logo que ela soube da mensagem, apresentou lamúrias, enquanto, com a sua pele, afagava a minha, feita uma gata que exige amor ao amo.
— *Meu amor, de novo vai viajar?!*
— *Vou, sim, meu amor. É pelo respeito aos fãs*
— *Mas você mal chegou de viagem.*
Eu nunca, na verdade, regressei de viagem nenhuma. O muito que fiz foi partir. Agora só me deslocava, e eram estas deslocações que preocupavam a minha esposa. E a mim também. Pois ela estava só a acumular gorduras de tristeza. Com o rosto a encher-se-lhe de rugas, de tanto a alegria se lhe evadir do corpo.

Pelo respeito aos fãs, parti. E para evitar a morte precoce da Estêvā, levei-a comigo. De angústia ela morreria. Era necessário envidar esforços, no sentido de evitar o pior. Então, nos sequentes dias, bom seria que ela dormisse e acordasse ao meu lado.

Partimos. De carro fomos. Por estradas esburacadas, andamos. De onde vinham os inúmeros buracos? Da chuva, que pedia alojamento à terra, ou da guerra, que os animais da região travaram com os animais invasores? Afinal, os animais invasores vinham a esta recém-criada terra, à procura de capim verde e água limpa.

A terra, para onde fui convidado, assemelhava-se a um mar, recebendo e acolhendo o que era conduzido pelos rios. Recursos naturais inúmeros desaguavam no oceano, que aguava a cidade da Independência.

Lá estivemos. Tivemos a recepção mais calorosa. E como não

houvesse hotel ou motel, fomos hospedados na casa do maior endinheirado da cidade. Um quarto para nós foi arranjado. À entrada, notava-se que a casa tamanha era estranha. Os insólitos eram tantos: gatos amavelmente brincavam com cobras e ratos; minhocas com peixes. Aquela era, decerto, a casa do diferente. Contivemos os nossos ânimos. Era noite. Fomos ao quarto, depois do jantar. Às escuras estava o quarto. Procurámos pelo interruptor, para acender a lâmpada, mas não o encontramos. Despimo-nos, para dormir. Antes, a minha esposa passou a mão pelas minhas intimidades, aviso claro de que exigia amor. Passava já muito tempo, sem que eu sentisse os seus úmidos segredos. Na escuridão, tentei satisfazê-la. Nos agitamos. Amassamoss os lençóis. De suor aguamos os travesseiros. E enquanto fazíamos amor, a minha esposa pendurou uma das pernas, e, com o calcanhar, encostou-se à parede, e o quarto encheu-se de luz.

Afinal, havia interruptor de lâmpada no quarto. Tapado estava por um papel, que mal acabara de cair. Me debrucei, a apanhar o papel recém-tombado. Li, em voz média, o que estava escrito, com letras garrafais. Qual espanto de nós nasceu!

— *É expressamente proibido fazer amor neste quarto.*

Que fazer? Aconselha-se confissão, ou omissão? Na tradição, confissão é ingênua convocação de condenação. Que esperássemos pela acusação dos guardiães da tradição. Mas uma coisa era certa: aquele amor foi como o maior na nossa vida. Viesse a condenação que viesse, aquela noite de amor seria inesquecível.

# Glossário

*Cafuro* – casca de coco.

*Calamidade* – roupa, importada, de segunda mão, vendida nos mercados.

*Chambocos* – cassetetes, flagelação.

*Chigabugabu* – lamparina.

*Doba* – comboio.

*Machamba* – campo agrícola.

*Maianga* – época do ano, em que acontece a soltura dos bois, para a livre procriação.

*Massotchas* – soldados.

*Matchiras* – trapos usados para vestir os antepassados.

*Mbava* – ladrão.

*Mola* – dinheiro.

*Mulicha* – ajudante do curandeiro.

*Mwaninha* – moça.

*Nhamussoro* – mediador de consulta espiritual aos antepassados.

*Nhoca* – cobra.

*Nyanga* – curandeiro.

*Rasga-mantas* – fendas em volta dos pés.

*Siavuma* – sim: concordo ou concordamos.

*Téphuè* – camarão fino.

*Viva-viva* – gasto "irracional" de recursos.

Esta obra foi composta em Arno Pro Light (miolo) e Gabrielle Regular (títulos), impressa pela gráfica PSI7 sobre papel Pólen Bold 90g, para a Editora Malê, no Rio de Janeiro, em abril de 2018.